KB042263

천마재생 13

초판 1쇄 인쇄일 2016년 1월 22일 **I 초판 1쇄 발행일** 2016년 1월 25일

지은이 태규 I **펴낸이** 곽중열 I **담당편집 팀장** 이범수
편집부 신연제 이윤아 김은경 홍현주

펴낸곳 (주)조은세상 I 출판등록 제 2002-23호
주소 경기도 연천군 미산면 청정로 1355
TEL 편집부 02)587-2966 I FAX 02)587-2922
e-mail bukdu@comics21c.co.kr

ⓒ태규 2015
ISBN 979-11-5832-429-2 I ISBN 979-11-5512-983-8(set) I 값 8,000원

태규太따 무협 장편소설

천마재생

13

大魔再生

NEO ORIENTAL FANTASY STORY

북두
(주)좋은세상

NEO ORIENTAL FANTASY STORY

天魔再生

第百二十一章.

참 안 맞아

天魔

再生

第百二十一章.

참 안 맞아

하늘은 푸르고 햇살은 따사롭다.

천마도의 풍경은 언제나 그렇듯 온화함으로 오랜만에 찾아온 천종금류 스물네 명을 반겨 주었다.

불어와 볼을 쓰다듬는 바람은 왜 이제야 왔느냐며, 핀잔 섞인 환영인사를 남기고 떠나간다.

좋다.

참 좋은 곳이다.

날씨가 우중충하여도 좋을 것이다.

광풍이 불어온대도 반가울 것이다.

천종금류에게, 아니 천금종인에게 천마도는 비원을 이루기 위해 준비했던 집마이식이라는 병기를 제작하는 장소

9

이기 이전에 경건한 성지이자 고향이며, 마음의 안식처이기 때문이었다.

천금종인의 비원인 시천마를 제거하고 나면 돌아와야 할 곳이다.

그런데 약탈당했다.

수라천마 장후가 이곳을 어떻게 알아냈을까?

이제는 궁금하지도 않다.

우선 되찾으리라.

그 후, 알려주리라.

이곳은 알고 있다고 해도 결코 건드려서는 안 된다는 것을.

천종금류 이십사인의 심정은 초조하고 들끓는 분노는 당장이라도 터져 나올 것 같지만, 표정만은 담담하고 걸음은 느릿했다.

한 걸음, 한 걸음을 신중하게 내딛었다.

자로 잰 것처럼 서로간의 간격과 대열을 유지했고, 눈과 코, 귀는 주변을 살피기에 바빴다.

감정을 제어하면서도, 여유를 가지며, 긴장감을 유지한다.

생사를 오가는 싸움을 수없이 겪어온 이들만이 보일 수 있는 모습이었다.

천종금류 이십사인이 어디서 무엇을 하고 살았는지

아무도 알지는 못하지만, 그들의 삶이 그리 평탄하지는 않았음을 알려주는 증거였다.

하지만 누군가의 눈에는 가소롭기만 하다.

스윽.

아무것도 없는 하늘에서 뭔가가 툭 하고 떨어진다.

천종금류는 동시에 걸음을 멈췄다. 그리고 하늘에서 떨어져 자신들의 앞에 꽂힌 것을 노려보았다.

실오라기 하나 걸치지 않은 사내였다.

하늘에서 뚝 떨어진 알몸의 사내는 일어날 힘이 없는지, 쓰러진 그대로 누워 있었다.

숨소리가 들리지 않는다.

심장의 고동도 느껴지지 않았다.

이미 죽은 시체라는 것이었다.

화탄이라면 모를까, 왜 갑자기 시체가 떨어진 걸까?

시신은 떨어질 때의 충격 때문인지 팔다리가 기묘한 각도로 꺾여 있었다.

그렇기 때문에 목각인형처럼 보이기도 했다.

대체 누가 왜 저 시체를 던진 걸까?

천종금류들은 의문을 숨기며, 머리카락 사이로 겨우 드러나는 시체의 용모를 자세히 살펴보았다.

그 순간 모두가 이를 악 물었다.

집마이식, 즉 혈제의 얼굴이었다.

천마재생

하지만 천종금류 모두는 이 머리가 집마이식이 아님을 바로 알 수 있었다.

미간부위에 흐릿하게 찍혀 있는 붉은 반점 때문이었다.

이 시체는 천비육호가 분명했다.

강호무림이 아는 혈제와 그들이 비원을 이루고자 백여 년 동안 제작해왔던 양산병기 집마이식의 원형!

천종금류 중 누군가 속삭였다.

"조사님……."

다른 누군가 이를 빠드득 갈며 짐승처럼 으르렁거렸다.

"감히 조사님의 시신을 훼손하다니!"

집마이식을 제조하는 천마도의 책임자 원광조차 알지 못했던 천비육호의 정체가 밝혀지는 순간이었다.

천비육호의 이름은 종일문(宗一問).

실명인지는 알 수 없다.

다만 그의 삶을 상징하기에는 너무도 잘 어울리는 이름이었다.

종일문은 과묵한 사람이었다고 한다.

때문에 벙어리가 아닐까 의심받았을 정도였다고 했다.

하지만 선택의 기로에 섰을 때면 누구보다 먼저 나서서 오랜 침묵을 깨고 모두를 향해 한 가지 질문을 던졌단다.

그 질문은 언제가 같았다고 했다.

'우리는 옳은가?'

나은가, 못한가가 아니라, 옳은가 이다.

그의 질문에 답하는 이는 없었다고 했다.

하기에 그는 스스로 답을 구해야 했고, 그로 인해 천금 종인을 만들었으며 시조가 되었다고 전해진다.

존경받아 마땅할 사람이다.

그에게 한 가지 과오가 있다면, 자신의 시신을 이용하여 시천마를 제거할 수 있는 병기를 제조하라는 유언을 남겼 다는 것뿐이었다.

이리 말했다던가?

"내가 틀렸다. 시천마를 제거하려면 옳아서는 아니 되 었다. 내가 모자랐다. 그 결과는 너희가 짊어져야 한다. 이제부터 우리는 죄를 지어야 한다. 사악하고 더러워져야 한다. 시천마를 죽이기 위하여 무엇이든 이용하여야 한 다. 앞으로 우리가 수없이 많은 죄악을 저질러야 할 것이 다. 하지만 그로써 시천마를 제거할 수만 있기만을 목적 해야할 것이야. 마귀가 되어라. 시천마를 죽이기 위한 마 귀가 되는 게다. 용서를 구하지마라. 결코 용서받지 못하 리라. 우리는 그토록 더러워져야 하는 것이다. 그러니 차 라리 당당해져라. 나 역시 다르지 않을 것이다. 너희를 그 토록 혹독한 삶으로 몰아넣고 죽음으로 회피하지는 않겠 다. 나의 시신을 이용하라. 나의 시신을 이용하여 병기를 제조하여라. 나를 증오하게 하라. 나를 모욕하게 하라. 그럼으로써 시천마를 제거할 수만 있다면, 난 안식할 수 있을 것이다."

후대는 그의 뜻을 따랐고, 혈제라는 병기를 완성할 수 있었다.

그리고 혈제를 통해 집마이식을 양산할 수 있었다.

이 모두가 천비육형, 즉 천금종인의 시조인 종일문의 희생이 있었기에 가능했다.

그 과정은 죄악의 연속이었지만, 그로써 시천마를 제거할 수만 있다면 먼 훗날 이 모든 전모를 알게 된 이들은 인정할 것이다.

이 모든 과정은 반드시 필요했던 죄악이었음을…….

인정치 않아도 할 수 없다.

우리가 알고 있으니까.

시조인 종일문은 저런 대우를 받아서는 안 되었다.

그는 세상을 위해 죽음조차 희생한 사람이었다.

칭송받아야 하고, 우러러 모셔야 한다.

천종금류 이십사인 중 한 명이 참을 수가 없는지 대열에서 빠져 나와 종일문의 시체를 향해 몸을 날렸다.

그 순간, 천금대종이 외쳤다.

"이보시오, 쾌영(快影)!"

쾌영이라 불린 사내는 괜찮다는 듯 가볍게 손을 저어

보였다.

천금대종은 뭐라 더 말하려다가 말고 입을 다물었다.

쾌영은 천종금류 이십사인 중에서 손발이 가장 빠르고 교묘한 사람이었다.

때문에 그라면 어떤 함정이 있더라고 충분히 빠져나올 수 있다고 여긴 탓이었다.

뿐만 아니라 넓게 확장시킨 기감에 어떤 인기척도 느껴지지 않을뿐더러, 주변의 환경에 사람의 손으로 조작한 흔적이 보이지 않아서이기도 했다.

천금대종은 당금 세상에 사신의 눈과 귀, 감각을 속일 수 있는 건 있을 리 없다고 여기고 있었다.

하지만 그렇다고 하여도 안심할 수는 없었다.

천금대종은 기감의 영역을 더욱 확장시켜 주위를 경계하며 살짝 무릎을 굽혔다.

이상이 느껴지는 순간, 바로 튀어나가려는 생각이었다.

하지만 쾌영이 종일문의 시체 앞에 다가가서 들어 올릴 때까지 아무런 것도 느껴지지 않았다.

쾌영은 종일문의 시체를 부드럽게 안아들며 애절한 목소리로 속삭였다.

"죄송합니다, 조사님. 다 우리가 모자란 탓입니다."

그때였다.

푹!

쾌영의 눈과 코, 입이 찢어질 듯 벌어졌다.

동시에 거친 바람이 일었다.

콰아앙!

굉음이 울리는 순간, 쾌영의 왼쪽에 천금대종이 서 있었다.

쾌영이 안고 있던 종일문의 시체가 사라지고 없었다.

그 대신 쾌영의 복부에 둥근 구멍이 뚫려 있고, 핏물을 마구 쏟아져 나왔다.

대체 무슨 일이 벌어진 것일까?

쾌영은 먼 곳을 바라보며 속삭였다.

"어떻게……?"

그 말을 마지막으로 쾌영의 숨은 끊어지고 고개는 뚝 떨어졌다.

천금대종이 얼굴을 일그러트리며 목이 터져라 외쳤다.

"이 노오오옴!"

그의 시선이 닿는 곳, 뭔가가 스윽하고 일어난다.

알몸의 사내, 바로 종일문이었다.

종일문의 눈동자는 각기 다른 방향으로 돌아가 있었고, 팔다리의 마디는 반대로 접히거나 꺾여 있었다.

마치 뭔가가 줄로 매달아 들어 올린 듯만 했다.

천금대종이 목각인형 같은 종일문의 시체를 노려보며 짐승처럼 으르렁거렸다.

13

"치졸하구나!"

종일문의 입이 벌어진다.

"치, 졸, 해야, 지."

어색한 목소리.

이제 막 말을 배운 어린아이만 같이 괴이하다.

종일문의 입이 삐꺽대며 이리저리 움직여 목소리를 짜냈다.

"조, 잡, 해야, 지. 비, 겁, 해야, 해. 그게 좋아."

점점 자연스러워진다.

하지만 그게 더욱 괴이하게만 보였다.

죽은 이가 살아날 수는 없다.

그러니 종일문의 시체를 조종하는 누군가가 어딘가에 숨어 있다는 것이다.

어딜까?

천금대종은 눈으로는 종일문의 시체를 노려보지만, 기감은 계속 확장시켜 종일문을 조종하고 있을 술사의 기척을 쫓았다.

하지만 느껴지는 건 여전히 아무것도 없었다.

기괴하다.

사이하다.

"치졸하고, 조잡하고, 비겁해야 알고도 걸려들지. 네 옆에 있는 녀석처럼."

17

종일문의 시체는 그렇게 말하며, 천천히 천금대종을 향해 걸음을 옮겼다.

천금대종은 눈을 얇게 좁혔다.

"사악하구나."

종일문의 시체가 뚝하고 걸음을 멈췄다. 충격을 받았다는 듯이 눈매가 찢어져라 벌어졌다.

아니, 실제로 찢어져 버렸다.

덕분에 둥근 구슬의 형태를 한 눈동자가 고스란히 모습을 드러냈다.

종일문의 시체가 어처구니없다는 듯이 말한다.

"사악해? 내가? 너희가 아니고? 고작 이 쓸모없는 시체를 좀 사용한다고?"

천금대종이 천천히 손을 들어올렸다.

위이이이잉.

그의 손에 봄날에 갓 피어난 새싹처럼 연녹색의 강기가 흘러나와 공처럼 둥글게 뭉쳤다.

강기무학의 극치 강환이었다.

연녹색의 강환은 그대로 날아가 종일문의 심장부위에 꽂혔다.

콰아아아아앙!

먼지와 함께 종일문이 튕겨 날아갔다.

하지만 아무렇지도 않은 듯 바로 일어선다.

일어난 종일문의 심장부위는 둥글게 뚫려 있었다.

종일문의 입매가 비틀려 미소의 형태를 그려냈다.

"버릇없구나. 조사의 시신을 훼손하다니. 넌 파문이야."

천금대종이 빠드득 이를 갈았다.

"닥쳐라."

심장부위에 구멍이 뚫린 채로 천금대종을 향해 다시 걸음을 옮겼다.

"사악한 건 내가 아닌 너희다. 집마맹을 만들고 조종했던 너희다. 자은마맥을 움직여 집마맹을 부활시키려 했던 너희다. 천외비문을 움직여 형님을 제거하려 했던 너희다."

천금대종이 눈매를 얇게 좁혔다.

"그렇군. 넌 오대마령 중 하나로구나."

"그게 중요한가? 중요한 건 그게 아니야. 너희가 무슨 짓을 해왔는지가 중요하지. 외면해 왔겠지. 부정해 왔겠지. 뭔가 크고 숭고한 목적이 있기에 당연히 치러야할 희생이라고 여겼겠지. 그랬을 거야."

"괴겁마령인가?"

"이제부터 너희는 알아야 한다. 너희가 외면해왔던 것들이 어떻게 자라났는지를. 너희들이 몸소 겪게 될 것이다. 내가 사악하다면 너희가 사악했던 것이다. 내가 비겁하다면 너희가 비겁했던 것이다. 내가 치졸하고 조잡하다면, 너희가 치졸하고 비겁했던 게야. 알려주마. 아니, 이제

19

부터 알게 될 거야."

종일문의 입매가 지지직하는 소리를 내며 귀까지 찢어졌다.

그럼으로써 길고 흉측한 미소를 그려낸다.

"내가 바로 너희가 행한 악업을 먹고 자란 씨앗이니까."

그때였다.

천종금류가 뭉쳐있는 곳의 왼편에서 불쑥 하고 한 사람이 나타났다.

새하얀 머리카락을 나부끼는 청년, 신검이었다.

갑자기 나타난 신검은 바로 검을 뽑아들고 힘껏 그어 내렸다.

그의 앞쪽 십여 장 정도의 거리를 두고 서 있던 천종금류 중 한 명이 비명을 지르며 쓰러졌다.

"커헉!"

쓰러진 오른쪽 어깨에서 왼쪽 허리까지 이어지는 혈선이 생기더니, 핏물을 뿜었다.

천금대종은 손에 맺힌 강환을 신검을 향해 던졌다.

하지만 신검은 가볍게 고개를 꺾어 피한 후, 바로 사라져 버렸다.

그가 남긴 목소리가 메아리처럼 떠돈다.

"차례를 기다리는 사람들도 생각해야지."

천금대종은 빠드득 이를 갈았고, 종일문의 시체는 한숨을 내쉬었다. 그러며 위로하듯 말했다.

"저건 내가 봐도 지나치게 치졸하고 비겁하군."

천금대종이 휙 고개를 돌려, 종일문의 시체를 노려보았다.

종일문의 시체가 말했다.

"좆같지?"

우르르르르르르릉.

천둥소리가 울리며, 종일문의 몸에서 먹구름이 흘러나오기 시작했다.

†

종일문의 시체에서 뿜어져 나온 먹구름은 단숨에 늘어나 푸른 하늘을 가려버렸다.

속삭이듯 불어와 머리카락을 간질이던 산들바람도 먹구름이 집어삼켜 뚝 멎어버렸다.

먹구름은 멈추지 않고 계속 늘어났고, 결국 천종금류 이십사인, 아니 두 명이 죽어버려 스물두 명으로 줄어든 그들만을 남겨두고 모조리 새까맣게 물들이고서야 멈췄다.

천금대종을 포함한 스물두 명은 언제라도 움직일 수 있으며 어디라고 움직일 수 있도록 내력을 끌어올리며, 순식간에 자신들을 어둠을 둘러보았다.

이 어둠은 대체 뭘까?

환술(幻術)?

혹은 기환진?

아니다.

천종금류들은 고작 환각을 만들어내는 조잡한 술법이나 진법 따위에 현혹될 수준은 예전에 넘어섰다.

그렇다면 뭘까?

하나 확실한 건 이 어둠이 실체를 가지고 있다는 것뿐이었다.

하지만 거리감이 느껴지지가 않았다.

손을 뻗으면 손가락이 검게 물들 것 같기도 하고, 온힘을 다해 달리고 또 달려도 닿지 않을 것 같기도 했다.

섬뜩하다.

사람이란 흉측하고 더러운 것을 두려워하지 않는다.

그저 가까이 두기 싫기에 멀리할 뿐이다.

사람이 진정 두려워하는 것은 이해할 수 없고, 받아들일 수 없는 것이다.

그것이 바로 공포다.

이 어둠을 만들어낸 자는 공포를 아는 자이다.

괴겁마령!

그는 공포를 너무 잘 알기에 공포 그 자체가 되어버린 것이다.

기록을 보며 예상했던 것보다 위험한 녀석이다.

대열을 벗어났던 천금대종은 휙 몸을 달려 천종금류들에게로 돌아왔다.

내려서는 동시에 외친다.

"류연성금(絡聯成錦)!"

줄을 엮어 비단을 이루라!

천종금류의 진법인 천금멸마금진(天金滅魔錦陣)을 형성하자는 명령, 아니 제안이었다.

천금멸마금진은 시천마와의 결전을 위해 천종금인이 만들어낸 최강의 합격진법이며, 천종금인이 만들어낸 최고의 무공이기도 했다.

하지만 천종멸마금진을 이루기 위해서는 천종금류 모두가 서로를 의지하는 정도가 아닌, 아예 한 사람이 되어야 한다.

누군가는 팔이 되어야 하고, 누군가는 다리가 되어야 하며, 누군가는 눈, 누군가는 머리가 되어야 한다.

그리고 머리가 되는 이의 의지에 따라 움직여야 한다.

내 목숨과 의지를 누군가에게 맡긴다는 것, 쉽지가 않다.

그건 굳게 다짐하거나 각오한다고 하여서 되는 게 아니다.

서로에 대한 신심(信心)과 확신이 필요하다.

23

하기에 천종멸마금진은 만들어진 이후로 지금까지 제대로 구현된 적이 없었다.

그렇기 때문일까?

천금대종의 제안에도 불구하고 천종금류의 배치는 변함이 없었다.

그의 제안을 거부한 것일까?

아니었다.

천종금류들의 눈빛이 몽롱해졌다.

반면 천금대종의 눈동자는 연녹색으로 물들었다.

천종멸마금진이 발동하며 벌어지는 현상이었다.

천금대종이 천금멸마금진의 머리 역할을 하기에 그의 눈빛만이 오히려 뚜렷해지고 있는 것이었다.

천금대종의 어둠을 노려보며 말했다.

"우리가 안일하였음을 인정하마. 하지만 이제부터는 다를 것이야."

천금대종을 아니, 천종금류를 감싼 검은 어둠이 일렁인다.

사방에서 음울하고 섬뜩한 목소리가 울린다.

"어떻게?"

그 한 마디가 메아리치며 천종금류의 주변을 계속 떠돌았다.

마치 세상을 떠도는 유귀가 부름을 받고 모조리 몰려드

는 것만 같았다.

천금대종이 입을 쩍 벌려 외쳤다.

"이렇게!"

휘이이이이이이이이잉!

천종금류들의 대열 중 외각에 있는 이들이 팔을 뻗었다.

그러자 그들의 손에서 연녹색의 빛살이 뻗어나갔다.

푹, 푹, 푹, 푹, 푹, 푹!

수십, 수백 개의 빛살이 어둠을 뚫으며 뻗어 나갔다.

어둠은 마구 꿈틀거렸다.

마치 고통을 견디지 못해 몸부림치는 듯했다.

연녹색 빛살이 사라지자, 뚫려버린 어둠의 틈새로 푸른 하늘이 모습을 드러냈다. 그리고 밝은 햇살이 스며들어 천종금류들의 주변으로 내렸다.

천금대종은 공격이 통했음을 확신하고, 득의어린 미소를 그렸다.

스르르르.

어둠이 늘어나 빛살이 만들어낸 틈을 점차 메워갔고, 이내 닫아버렸다.

하지만 빛살에 뚫렸던 자리는 표면이 흉터처럼 울퉁불퉁했다.

그 모습을 보는 천금대종의 미소가 더욱 짙어졌다.

그때였다.

천
마
재
생

연녹색 빛살에 뚫린 흉터들이 갑자기 툭툭 소리를 내며 벌어지기 시작했다.

벌어진 흉터는 타원형을 이루고 나서야 멈췄다.

그 모양새가 마치 눈동자와 같았다.

그리고 눈동자와 같은 형태의 안쪽은 하늘의 푸른색이 아닌, 새빨간 불꽃이 넘길 거렸다.

당장에 쏟아져 들어와 어둠의 안쪽을 모조리 검게 태워 버릴 듯하다.

불꽃의 눈동자들이 낮은 웃음소리를 담아 속삭인다.

"아야. 따끔해."

천금대종의 미소가 딱딱하게 굳었다.

어둠을 수놓은 수백 개의 눈동자의 안을 가득 채운 불꽃이 슬금슬금 튀어 나와 마귀의 혀처럼 날름거린다.

"난 아픈 걸 좋아해. 아픔은 살아있다는 증거 같거든. 그래서 싸움이 좋더군. 전쟁이 좋아. 아프고 또 아프니까. 살아있음이 확실히 느껴지니까. 하지만 너무 익숙해지면 죽더군. 그렇기에 난 아픔을 좋아하지만 너무 아픈 건 또 싫더군. 너희는 어떨까? 이제부터 너희에게 다양한 아픔을 안겨줄 것이야. 뭐가 좋고 뭐가 나쁜지 겪어봐. 죽기 전까지."

위이이이이이이이이이잉.

천종금류 이십이인의 전신에서 연녹색 빛살이 튀어 나와

하나로 뭉쳤다.

그 형태는 새싹의 줄기를 엮어서 만들어낸 거대한 기둥과 같았다.

천금멸마금진의 삼진, 녹금신주(綠錦神柱)이었다.

감히 시천마의 공격조차 견뎌낼 수 있으리라는 믿음 아래 만들어진 천금멸마금진의 방어진형이었다.

그 순간 어둠을 수놓은 수백 개의 눈동자가 불덩이를 뿜었다.

튀어나온 화염은 늑대와 같은 형태로 변하더니 녹금신목을 향해 달려들었다.

괴겁마령의 독문무공인 괴겁삼재 중 하나, 겁화낭군!

화염으로 이루어진 수백 마리 늑대는 녹금신주에 달려들어 마구 물어뜯었다.

혹은 화포처럼 몸통을 날렸다.

쾅, 쾅, 쾅, 쾅!

굉음이 울릴 때마다 녹금신주가 깨어질 듯 휘청거렸다.

그리고 당장에 깨어질 듯 녹금신주의 연녹색 표면에 거미줄과 같은 균열이 일었다.

그러자 화염의 늑대는 신이 난 듯이 계속 달려들었다.

쾅, 쾅, 쾅, 쾅!

결국 더는 버티지 못하겠는지 녹금신주가 깨어지며 틈이 벌어졌다.

화염의 늑대무리는 기회다 싶은지 틈새를 노리고 달려들었다.

그 순간 틈새로 쇠뇌와 같이 날카로운 가지가 뻗어 나왔다.

푹푹푹푹푹푹푹푹!

화염의 늑대는 녹금신주의 틈새에서 뻗어 나온 가지에 꿰뚫리자, 불꽃이 되어 흩어졌다.

천금멸마금진의 사진, 녹금멸마신지(綠錦滅魔神支)였다.

단숨에 수백 마리나 되던 늑대무리는 사라졌다.

하지만 어둠은 가소롭다는 듯이 일렁인다.

"이번 건 따끔하기보다 쓰라리군. 아주 좋아. 다음은 어떨까?"

수백 개의 눈동자가 다시 수백 개의 불덩이를 토했다.

불덩이는 다시 화염의 늑대가 되어 마구 달려 나갔다.

연녹색의 기둥은 마구 쇠뇌 같은 가지를 마구 뿜어냈고, 화염의 늑대를 불꽃으로 흩어버렸다.

하지만 어둠을 수놓은 수백 개의 눈동자는 개의치 않고 계속 불덩이를 쏟아내, 화염의 늑대로 가득 채웠다.

결국 연녹색의 기둥은 마치 고슴도치와 같은 형태가 되었고, 눈동자들이 쏟아낸 늑대는 화염의 파도가 되었다.

두 빛의 덩어리들은 밀리고 밀기를 거듭하였고, 그러한

대치 속에 시간이 흘러간다.

어느 순간, 연녹색 기둥 속에서 우렁찬 외침이 터져 나왔다.

"크하하하합!"

동시에 연녹색 기둥은 하나의 덩어리를 뿜어냈다.

천금대종이었다.

천금대종은 어둠을 수놓은 수백 개의 눈동자 중 하나를 향해 날았고, 그대로 꽂혔다.

콰아아아아아앙!

어둠이 조각조각 깨어져 내려앉는다.

천금대종의 입가에 희미한 미소가 어렸다.

천금멸마금진을 운용하며 겁화낭군과 대치하는 동안, 그는 마음을 나누어 괴겁마령의 위치를 찾았다.

결국 이렇게 찾아냈고, 이 지루한 대치를 끝내기 위해 천금멸마금진을 해체하고 스스로 튀어나와 괴겁마령을 급습하는 승부수를 던진 것이었다.

결과는 성공적이었다.

깨어져 내리는 어둠 사이로 보이는 세상은 불꽃이 넘실거리는 대신 쨍한 햇살이 흘러들고 있으니 말이다.

천금대종의 앞에서 속삭임이 흘러나왔다.

"아프군. 아주 아파. 제법이야. 이런 순간에 난 살아있음을 느껴."

천금대종은 자신의 앞에 사람의 형태로 뭉치는 어둠을 노려보며 말했다.

"아니. 이 아픔은 네게 죽음을 느끼게 할 것이야."

사람 형태로 뭉친 어둠의 입 부위가 찢어지며 미소를 그린다.

"그래, 그렇겠지. 언젠가는 말이야. 하지만 지금은 아니야."

천금대종이 눈을 얇게 좁혔다.

칠흑색으로 물들어 있던 사람의 형태가 뚜렷해지며 제 모습을 드러내기 시작했다.

그 순간 천금대종의 눈이 커졌다.

조사인 종일문의 시체였기 때문이었다.

종일문의 시체가 입을 벌린다.

"내 역할은 여기까지. 다시 보자. 부탁하마. 그때까지 부디 살아있어 다오."

무슨 뜻일까?

"아, 내 지분은 챙겨야겠지?"

종일문의 시체가 갑자기 목을 툭 떨어트린다.

천금대종은 불길함을 느끼고 고개를 휙 돌렸다.

조각조각 부서졌던 어둠이 뭉쳐서 천종금류를 향해 달려들고 있었다.

천종금류들 역시 만만치 않기에 급히 내력을 휘돌려

강기를 뿜었다.

수십 개의 강기를 얻어맞고서도 어둠은 멈추지 않고 달려들어, 결국 천종금류 중 셋을 덮쳤다.

그리고 사라져 버렸다.

어둠이 덮쳤던 천종금류 삼인의 모습도 같이 사라졌다.

괴겁마령이 남기고간 목소리가 떠돈다.

"꼭 다시 보자."

천금대종은 빠드득 이를 갈았다.

하지만 결국 어쩔 수 없다는 듯 한숨을 내쉬며, 조사인 종일문의 시체를 정갈하게 눕혔다.

그런 후에야 어둠이 사라진 곳을 노려보았다.

"이 정도였던가?"

천금종인은 현 세상의 강자들에 대해 자세하고 세밀하게 조사했고, 낱낱이 기록했다.

때문에 괴겁마령을 잘 알고 있다고 자부했었다.

하지만 지금 보니 아니지 싶다.

전혀 달랐다.

기록된 문서의 내용보다 몇 수 위이다.

'괴겁마령이 이 정도라면 수라천마는?'

암담하다.

이대로는 위험했다.

'너무 성급했어.'

계획을 세워야 하겠다 싶었다.

돌아가 다시 점검하여야 한다.

이대로라면 최악의 경우, 천종금류 이십사인, 아니 이제 열아홉 명 중 그 누구도 살아남지 못한다.

그러니 한 발 물러서야 했다.

지금은 괴롭지만 나중에 두 발을 더 내딛는 발판을 만들 때였다.

'하지만 너무 아프군.'

아무런 성과 없이 천종금류 중 다섯이 희생되었다.

천금대종의 어깨가 절로 내려갔다.

하지만 억지로 다시 펴며 천종금류들을 향해 돌아와 외치듯 말했다.

"돌아갑시다!"

그가 하는 말이 무슨 뜻인지를 알기에 천종금류는 빠드득 이를 갈았다.

"그리고 다시 옵시다!"

천금대종이 이어 외치는 말에 모두가 눈에 힘을 주며 고개를 끄덕였다.

그래, 다시 오기위해 물러서는 것이다.

그때는 오늘과 같지 않으리라.

이 아픔과 울분을 고스란히 돌려주리라.

그때였다.

천금혜안이 뭔가 이상하다는 듯 말했다.

"흐음. 주변의 지형이 바뀌었습니다."

그러자 모두가 주변을 둘러보았다.

말마따나, 어둠이 삼키기 전과 전혀 달랐다.

"이곳은?"

그들의 고향이자 성지인 이 섬의 중심부에 위치한 호수의 중심에 있는 자그마한 섬, 천마도 위였다.

이곳 천마도는 그들이 본래 있던 자리에서 이십여 리 이상 떨어져 있었다.

대체 이게 어떻게 된 걸까?

어디선가 목소리가 흘러든다.

"기다리기 힘들었어."

천금대종과 천종금류들이 목소리가 흘러온 방향으로 고개를 돌렸다.

그곳에 한 자루의 검을 어깨에 걸친 새하얀 머리의 청년이 짝다리를 하고 서 있었다.

갑자기 나타나 천종금류 중 하나를 베어죽이고 사라졌던 신검이었다.

신검은 눈살을 찌푸리며 짜증을 담아 말했다.

"이틀씩이나 기다리게 하다니. 괴겁 그가 뭘 그리 대단하다고 이렇게 오래 붙어 있어."

천금대종이 눈을 크게 떴다.

"이틀?"

설마 괴겁마령과 이틀씩이나 싸웠다는 건가?

신검이 검집을 빼어 던지며 그들을 향해 걸음을 옮겼다.

"자, 이젠 내 차례야."

천금대종이 그를 노려보며 말했다.

"잠깐."

신검이 한숨을 내쉬었다.

"잠깐? 죽고 죽이는 사이에 잠깐이라. 뭐 이런 어설픈 것들이 집마맹을 만들었다니. 좀 억울해지는구만. 안 그런가?"

그 순간, 천금대종과 천종금류의 뒤편에서 화답하는 목소리가 터져 나왔다.

"천태명, 그 친구가 부럽구만. 이런 꼴을 안 보고 먼저 갔으니."

천금대종과 천종금류는 고개를 휙 뒤로 돌렸다.

그곳에 커다란 덩치의 외팔이 노인이 서 있었다.

권황 철리패였다.

철리패는 천금대종과 천종금류가 아닌, 그들의 너머 신검만을 바라보며 말했다.

"이보게. 기억이 나지 않아서 그런데, 우리가 마지막 손발을 맞춘 게 언제였지?"

신검이 고개를 갸웃했다.

"한 오십 년 전인가? 집마십존 중 귀존을 상대할 때였지 아마? 천태명 그 친구도 함께였지."

철리패가 짧은 탄성을 뱉으며 고개를 끄덕였다.

"아, 맞아. 그랬어. 그때 잘 안 맞았지?"

신검이 혀를 찼다.

"그랬지. 잘 안 맞았어. 덕분에 다 잡았던 귀존을 놓치고 말았지."

철리패가 눈살을 좁혔다.

"그건 자네가 욕심을 부려서 그랬던 것 아닌가."

신검이 콧방귀를 뀌었다.

"귀존을 보자마자 죽자고 달려들었다가 죽게 생긴 걸 겨우 구해준 내게 할 소리인가?"

"그건 자네가 먼저 합공을 깨고 나서려고 해서 그랬던 거 아닌가."

"허어. 이 친구가 뭐라는 건지 모르겠구먼. 기억이 안나나?"

"자네야 말로 기억이 안나나?"

신검이 한숨을 쉬었다.

"참 안 맞아."

철리패가 고개를 끄덕였다.

"그렇지? 너무 안 맞아."

천마재생

서로를 마주하던 두 사람의 시선이 천금대종과 천종금류에게로 옮겨간다.

철리패가 말했다.

"지금은 맞을까?"

신검이 코웃음 쳤다.

"더 안 맞겠지."

"그럼 자네는 자네대로 하게. 난 나대로 할 테니."

그러며 철리패는 하나 뿐인 손을 주먹 쥐며 걸음을 내딛었다.

신검이 검을 들어 올리며 말했다.

"이제야 좀 맞는 군."

第百二十二章.

어서 와라

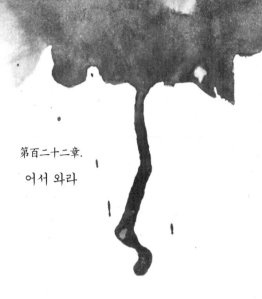

第百二十二章.

어서 와라

구름 한 점 없는 푸른 하늘, 그와 닮은 바다가 넘실거린
다.

그린 것처럼 아름다운 풍경이다.

반듯하게 잘라낸 듯한 절벽 위, 남장후는 뒷짐을 쥐고
선 채 가만히 그 풍경을 바라보고 있었다.

그의 눈동자는 하늘을 담고 있지 않았다. 그렇다고 바다
에 닿아있지도 않았다.

하늘과 바다가 맞닿은 경계선을 보고 있었다.

그 사이를 비집고 뭔가가 모습을 드러내기를 기다린다
는 듯하다.

휘이이이잉.

39

바람소리와 함께 갑자기 남장후의 뒤로 길게 드리운 옅은 그림자의 색이 짙어졌다.

결국 남장후의 그림자는 마치 먹물을 쏟아낸 것만 같아졌다.

그 순간 굳게 다물려 있던 남장후의 입이 벌어졌다.

"왔느냐?"

스윽.

그림자가 일어나 사람의 형태를 이루러낸다.

동시에 바로 검은 빛깔을 밀어내며, 옷의 복색과 피부빛을 드러냈다.

괴겁마령이었다.

"명을 완수할 수 없었습니다. 죄송합니다."

그러며 괴겁마령은 남장후의 등을 향해 고개를 푹 숙였다.

남장후는 돌아보지도 않고 말했다.

"내가 네게 명령을 내렸더냐?"

"네. 사흘을 끌라 하셨습니다."

"왜?"

"천금종인의 후발대가 도착할 때까지 천종금류의 발을 묶으라 하셨습니다."

"내가 그랬느냐?"

"네."

"언제?"

괴겁마령이 빙긋 웃었다.

"언제 했습니다."

남장후가 고개를 저었다.

"아니. 난 그런 적 없다. 물론 그런 생각을 하기는 했지. 네가 읽고 내 생각을 멋대로 곡해할지도 모른다는 생각까지도 했고, 하지만 난 싫었다. 넌 충분히 즐겨도 되었다. 그게 나의 명이었다."

"충분히 즐겼습니다."

남장후는 피식 웃었다.

그러며 고개를 뒤로 돌렸다.

"건아."

괴겁마령의 눈이 살짝 커졌다.

그의 이름은 초이건.

하지만 괴겁마령 본인조차도 잊은 이름이었다.

불러주는 이가 없기 때문이었다.

하지만 수라천마 장후만은 그 이름을 기억하여 초이건 석자 중에서 마지막 한 글자를 떼어내, '건아'라고 부르곤 했다.

하지만 수라천마 장후가 죽고 남장후로 다시 태어난 이후로는 단 한 번도 그리 부른 적이 없었다.

그러니 이십 수년 동안 한 번도 들은 적 없는 호칭이었다.

괴겁마령이 아는, 아니, 세상이 아는 수라천마 장후는 이유 없이 움직이지 않는다.

그 어떤 사소한 행동에도 근거가 있고, 사정이 있으며, 음계와 모략이 있다.

그런 수라천마 장후가 괴겁마령 자신에게 실로 오랜만에 건아라는 이름으로 부른다는 건 주인과 수하로써의 관계가 아닌, 생사고락을 함께한 동료이자 형제로써 자신에게 시킬 일이 있다는 뜻으로 여겨졌다.

"네, 형님. 말씀하십시오."

"우리 죽지 말까?"

"네?"

"천금종인을 없애고, 시천마를 죽인 다음에, 죽지 말고 그냥 살아가는 거야. 어딘가 집마맹이나 천금종인, 시천마 같은 놈이 또 있지 않을까? 그거 모르는 일이잖아?"

"모르는 일이지요."

"그렇지? 우리가 없으면 어찌 되겠어? 위수한 그 녀석 혼자만으로는 안 돼. 그러니 그냥 사는 거야."

"좋습니다, 저는."

"그렇지? 우리 그럴까?"

괴겁마령은 크게 고개를 끄덕였다.

"네. 그러죠."

남장후의 얼굴이 막 피어난 꽃처럼 환한 미소가 피어

났다.

하지만 때를 잘못알고 피어난 꽃인 듯 바로 시든다.

그리고 힘없이 수평선을 향해 고개를 돌렸다.

그의 침묵은 쓸쓸하고 애잔했다.

괴겁마령이 사무적인 어조로 말했다.

"놈들 중 세 명을 잘라서 빼냈습니다."

"살려 두었느냐?"

"살아만 있습니다."

"그렇군. 찢고 빨아보아라. 탈탈 털어. 아무것도 남지 않을 때까지."

"그렇지 않아도 월야가 그러고 있습니다."

남장후가 피식 웃었다.

"건아."

"말씀하십시오."

남장후가 한숨처럼 속삭였다.

"역시 우리는 죽는 게 낫겠어."

"좋습니다, 저는."

"속없는 놈."

괴겁마령이 포권을 취했다.

"저는 그럼 동생들에게 가 있겠습니다."

"그래."

괴겁마령의 몸이 새까맣게 물들어갔다.

천마재생

그때 남장후가 속삭이듯 말했다.

"건아."

"네, 말씀하십시오."

"지금 했던 말, 다 잊어라."

"무슨 말씀 말입니까?"

아무것도 모르겠다는 듯 하는 말에 남장후는 피식 웃었다.

괴겁마령은 빙긋 웃은 후, 어둠이 되어 그림자 속으로 사라져 버렸다.

홀로 남겨진 남장후는 미소를 지우고, 쓸쓸한 눈으로 수평선을 바라보았다.

"어서 와라, 죽음아. 어서."

그의 쓸쓸한 속삭임은 힘없이 흘러 나와 하늘과 바다로 퍼져 나갔다.

†

누가 그랬던가?

싸움은 연애와 비슷하다고.

우선 상대를 잘 살펴야 한다.

무엇을 좋아하는지, 무엇을 싫어하는지를 파악해야 한다.

어떤 버릇이 있는지를 알아야 한다.

어떨 때 화를 내는지, 뭘 하면 슬퍼하는지 알아채야 한다.

그건 대전상대가 익힌 무공의 특성과 장단점을 파악하는 것과는 다르다.

상대라는 사람의 기호와 가치관 그 자체를 알아내는 것이다.

그리고 나서야 움직인다.

단숨에 이 싸움을 결정짓겠다고?

상대를 단숨에 부수고 끝을 내겠다고?

아서라.

그건 싸움이 아니다.

상대를 향해 뻗는 손짓과 상대를 향해 다가가는 발걸음, 상대를 살피는 눈짓에도 본심을 다해야 한다.

간절해야 한다.

애절해야 한다.

갈구하여야만 한다.

상대와 내가 삶과 죽음을 다투고 있음조차 잊어야 한다.

그저 순간순간에 충실하여야 한다.

누가 죽는지 누가 사는지는 큰 의미가 없다.

그저 어쩔 수 없이 치닫고 마는 결과일 뿐이다.

철리패는 그리 여겼다.

연애가 뭔지는 모르지만 싸움은 그렇게 해야 한다고 생각했고, 그 생각대로 해왔다.

지금처럼 말이다.

"으아아아아아압!"

콰아아아아앙!

굉음과 함께 철리패가 뒤로 밀렸다.

그의 전신은 피로 물들어 있었다.

입고 있는 옷은 이리저리 찢기고 갈라졌고, 그 사이로 드러난 상처는 깊고 흉측했다.

당장에 쓰러지지 않는 것이 이상하다 싶을 정도로 심각했다.

하지만 철리패는 자신의 몸 따위는 아랑곳하지 않고 천종금류들을 향해 달려들었다.

콰아아아아아아아아앙!

굉음과 함께 다섯 명의 천종금류가 하늘로 튀어 올랐다.

하지만 바로 끈에 매달린 듯이 뚝 멈추더니, 동료들의 속으로 안착했다.

반면 철리패는 땅바닥에 깊은 고랑을 만들어내며 십여 장을 튕겨나갔다.

먼지를 뒤집어 쓴 철리패는 머리를 마구 휘저어 털어내며, 입을 쩍 벌렸다.

고통을 참지 못해 비명을 지르려는 걸까?

13

아니면, 고통을 억누르려 신음을 흘리려는 걸까?

그도 아니다.

"크하하하하하하핫!"

철리패의 입에서는 어이없게도 웃음이 터져 나왔다.

너무나 즐거워 견딜 수가 없다는 듯이 웃어댄다.

미치기라도 한 것일까?

아니다.

정작 미칠 것 같은 건 천종금류들이었다.

철리패를 바라보는 그들의 눈동자에는 두려움이 가득했다.

그들이 구사하는 천금멸마금진은 어색함을 지워내고 완벽해진 상태였다.

괴겁마령에게 천종금류 중 다섯이 희생된 건, 그의 공격 방식이 예측할 수 없도록 기괴했기 때문이었고 더불어 천종금류들의 손발이 제대로 맞지 않아서 였다.

하지만 이제는 아니다.

천금멸마금진은 완벽하다.

그랬기에 극강함으로는 수라천마 장후를 제외하고는 최강이라고 일컬어지는 철리패의 권력조차도 가볍게 튕겨낼 수 있었다.

두 명의 철리패, 아니 수십 명의 철리패가 달려든다고 해도 천금멸마금진은 깨어지지 않는다.

그렇게 확신했다.

아니, 확신했었다.

'그럴까?

정말 깨어지지 않을까?

천금멸마금진은 건재했지만, 천종금류들의 믿음에는 금이 가고 있었다.

이 싸움이 시작된 이후로 잠시도 멈추지 않고 달려들고 있는 철리패 때문이었다.

철리패의 주먹질은 천금멸마금진을 부수지는 못했고, 오히려 튕겨나가 저렇게 그 자신의 몸에 깊은 상처를 남겼다.

그럼에도 철리패는 뭐가 저리 즐거운지 웃어대고 있었다.

좌절을 모르는가?

포기를 모르는가?

어떻게 또 일어설 수 있는 걸까?

어떻게 저리 또 달려들고 있는 걸까?

콰아아아아아아앙!

그 사이 달려온 철리패가 다시 튕겨나갔다. 이번엔 바닥을 뚫고 깊숙이 박힌다.

정적이 찾아왔다.

죽은 걸까?

천종금류들은 침을 꿀꺽 삼켰다.

죽어라.

죽어야만 한다.

천종금류들은 그런 바람을 담아서 철리패가 파묻힌 구멍을 노려볼 뿐, 확인하려 움직이지는 않았다.

철리패가 두려워서만은 아니었다.

한쪽에서 검을 쥔 채 서 있는 신검 때문이었다.

철리패와 달리 신검은 지금껏 한 번도 공격을 감행하지 않았다.

그저 이리저리 슬금슬금 천종금류들의 주변을 맴돌기만 할 뿐이었다.

비집고 들어갈 만한 천금멸마금진의 틈을 찾고 있는 듯했다.

그 모습은 마치 쇠창살 너머로 먹잇감을 노려보는 늑대와 같았다.

하지만 천금멸마금진은 완전무결한 방패이다.

그 어떤 틈도 없다.

'정말 그럴까?'

신검의 날카로운 눈빛과 그가 쥐고 있는 검이 그렇게 묻고 있었다.

그 물음에 천종금류들은 더욱 공고히 진형을 유지함으로써 답해왔지만, 이제는 자신이 없었다.

시간이 얼마나 지난 걸까?

기분만으로는 몇 년은 족히 지난 것만 같다.

하지만 실제로 철리패와 신검과 싸운 지도 꼬박 하루 정도는 된 것 같았다.

천종금류가 이곳에 도착한지도 벌써 사흘이 지났다는 거다.

사흘?

천종금류들이 갑자기 너나 할 것 없이 입을 쩍 벌렸다.

"아!"

후발대!

천종금인의 후발대가 이틀 정도의 시간을 두고 도착할 예정이었다.

연락을 취하지 않을 시, 하루 정도의 시간을 두고 무안군도 주변을 떠돌다가 정박한 후 천마도를 염탐하러 들어올 것이다.

그게 미리 예정된 약속이었다.

지금쯤이면 도착할 때가 되었다는 것이다.

그때였다.

"도착했겠어. 안 그래?"

그렇게 신검이 뜬금없는 말을 툭 뱉었다. 그리고 빙긋 웃었다.

그 순간 천종금류들은 아찔함을 느꼈다.

'이런!'

이제야 알 것 같았다.

괴겁마령과 철리패, 신검의 의도는 시간을 끌고자 함이 었음을 깨달았다.

이럴 시간이 없다.

움직여야 한다.

천종금류들은 지금의 대치를 끝내야 함을 느꼈다.

그때였다.

콰앙!

철리패가 박힌 구멍이 화산처럼 터져 올랐다.

아니나 다를까, 철리패가 튀어 나왔다.

그는 거칠게 숨을 내쉬며, 천종금류들을 노려보았다.

동시에 일정한 거리를 둔 채 천종금류의 주변을 맴돌고 만 있던 신검이 천천히 거리를 좁혀왔다.

철리패가 말했다.

"이제야 알겠어. 자, 또 해볼까? 지금부터는 좀 다를 거 야."

그러며 고개를 좌우로 까딱거린다.

신검은 한숨을 푹 쉬었다.

"저 친구의 말, 믿지 말게. 하지만 다르긴 좀 할 거야."

신검이 눈을 얇게 좁혔다.

"내가 너희의 틈을 찾았거든."

철리패가 콧방귀를 뀌었다.

"저 녀석 얘기 믿지 마. 워낙 건방진 친구라 체면치레하려고 없던 말을 지어내니까."

신검이 철리패를 노려보았다.

"내가 언제?"

"지금?"

"진짜라면?"

"나도 진짜라면?"

철리패와 신검은 서로를 노려보다가 갑자기 동시에 천종금류들을 향해 고개를 틀었다.

"젠장. 같은 걸 봤네."

철리패의 속삭임에 신검은 한숨을 내쉬었다.

"내가 먼저 찾았어."

철리패가 콧김을 훅 뿜었다.

"무슨 소리. 내가 먼저야."

다시 철리패와 신검이 서로를 노려보았다.

"그러면?"

철리패가 그 한 마디를 뱉으며 몸을 날렸다.

동시에 신검 역시 검과 함께 날며 외쳤다.

"먼저 찌르는 게 임자이지."

멍하니 수평선을 바라보고만 있던 남장후가 갑자기 입꼬리를 들어올렸다.

그의 두 눈동자가 푸르게 물들며 멀리 수평선 위로 찍힌 점 하나를 담았다.

"환영한다, 놀이감들아."

남장후는 그렇게 속삭였다.

틈이라.

철리패와 신검은 천금멸마금진의 틈을 찾았다고 했다.

천종금류들은 불안하지만 믿지는 않았다.

그럴 리가 없었다.

그저 도발일 뿐이다.

불안감을 가중시켜서, 틈을 만들어내려는 것이겠지.

깡!

콰아아아아앙!

맑고 짧은 금속성과 우렁찬 굉음이 터지고, 동시에 철리패와 신검이 뒤로 날아갔다.

그 모습을 보는 천종금류들은 깃들었던 의심과 불안을

지울 수 있었다.

그렇다.

천금멸마금진은 무적이다.

시천마나 수라천마라면 모를까, 감히 저런 자들이 어찌할 수는 없다.

하지만 땅에 닿자마자 바로 일어난 철리패와 신검은 빙긋 웃었다.

철리패가 하나 뿐인 팔을 휘돌리며 말했다.

"이제 잘 여물었군."

신검이 가볍게 검을 휘돌리며 고개를 끄덕였다.

"과실을 딸 때야."

천종금류들은 눈을 좁혔다.

대체 무슨 뜻일까?

도발이라고 여기기에는 어색하다.

최소한 알아들을 수라도 있어야 반응할 수 있지 않은가.

어찌 되었든 지금은 이럴 때가 아니었다.

신검은 이미 후발대가 도착했다는 듯 말했다.

후발대는 천금종인 전부라고 할 수 있는 전력이었다.

때문에 후발대가 무력하게 당할 것이라고 여기지는 않았다. 그렇다고 하여도 안심할 수는 없었다.

어떻게든 합류하여야 했다.

수라천마 장후의 일행이 염두에 둔 것보다 강하며, 치졸하며, 섬뜩하며, 조잡하다는 것을 알려야 했다.

취합했던 현 무림의 고수들의 정보는 모조리 폐기해야 할 것이다.

전혀 다르다.

그러니 이들과의 싸움은 다시 시작해야 한다.

아예 처음부터 다시 준비해야만 했다.

후발대와 합류하는 대로 물러나야 한다.

그때였다.

"보이지?"

신검이 하는 말에 철리패가 고개를 끄덕였다.

"그래, 보이……, 이런."

신검이 사라졌고, 다음 순간 천종금류들 앞에서 검을 높이 치켜든 채로 나타났다.

철리패는 빠드득 이를 갈았다.

"망할 놈!"

그의 욕설이 튀어나오는 순간, 신검의 내리그은 검이 천종금류들이 구사하는 연녹색의 막, 천금멸마금진을 가격했다.

깡!

역시나 신검의 검을 천금멸마금진은 뚫지 못했다.

하지만, 조금 전처럼 튕겨나가지는 않았다.

천마재생

그대로 맞닿은 채 버티고 있었다.

이게 어찌된 것일까?

신검이 자신의 검처럼 얇고 날카로운 미소를 그렸다.

"보였다니까 그러네."

뭘 보았다는 건가!

갑자기 신검이 눈살을 찌푸린다.

"이런."

그러며 검을 놓더니, 몸을 위로 날렸다.

그가 사라지자, 포탄처럼 쇄도하는 철리패의 모습이 보였다.

그의 주먹이 신검이 남기고간 검의 손잡이 부위를 가격했다.

콰아아아아아아앙!

서걱!

우렁찬 굉음사이로 살과 뼈가 갈라질 때 나올 법한 소리가 끼어들었다.

신검의 검이 천금멸마금진을 뚫고 들어와 천종금류 중한 명의 심장에 꽂혀 있었다.

천종금류들은 동료의 죽음에 분노하는 한편, 천금멸마금진이 깨어졌음에 경악했다.

대체 어떻게?

철리패가 다시 주먹을 쥐고 있는 것이 보인다.

그리고 바로 휘둘렀다.

콰아아아앙!

폭음과 함께 철리패의 주먹이 쑥 들어왔고, 바로 앞에 있는 천종금류 중 일인의 머리를 부숴버렸다.

이로써 확실해졌다.

천금멸마금진이 깨어졌다!

천종금류가 튀어나와 사방으로 몸을 날렸고, 그들을 휘감았던 연녹색 막은 흩어져 버렸다.

대신 그들의 중심부에 위치하여 천금멸마금진을 지휘하던 천금대종은 철리패를 향해 몸을 날렸다.

철리패가 기다렸다는 듯 다시 주먹을 쥐어 마주 휘두르려는데, 하늘에서 빛살이 내려와 천금대종의 몸에 꽂혔다.

아니, 꽂힐 뻔했다.

천금대종이 두 팔과 두 다리를 좁혀 막지 않았다면 분명 그랬을 것이다.

콰아아앙!

천금대종이 튕겨 나갔다가 몸을 휘돌려 땅바닥에 안착했다.

천금대종을 가격했던 빛살의 정체, 바로 신검이었다.

신검이 아쉽다는 듯 짧게 혀를 찬 후 오른손을 가볍게 돌렸다.

그러자 어디선가 검 한 자루가 날아와 그의 손에 안겼다.

그 사이 사방으로 흩어졌던 천종금류들은 천금대종의 주변으로 모여들었다.

천금대종을 슬며시 고개를 돌려 천종금류들을 살폈다.

열여섯 명뿐이었다.

본래 스물셋이어야 하는데, 자신을 포함하여 스물넷이어야 하는데, 그렇게 스물넷에서 수십 년을 함께 하였는데, 고작 사흘 사이 다섯이 사라져 버렸다.

아프다.

너무나 아팠다.

하지만 이렇게 열여섯이라도 남아있으니 어디냐 라는 안도하는 마음이 드는 것이 더 아팠다.

이런 걸 패배감이라고 하나?

천금대종으로써는 평생 느껴본 적이 없는 감정이었기에 낯설기만 했다.

그 사이 철리패가 신검의 곁에 다가와 있었다.

철리패는 천금대종이 아닌 신검을 노려보며 주먹을 불끈 쥐었다.

"여전히 치졸하구나."

신검이 피식 웃었다.

"칭찬은 무슨."

철리패가 버럭 소리쳤다.

"언제나 하는 말이지만 칭찬이 아니야!"

"알겠네. 그런 셈 치세."

철리패가 빠드득 이를 갈더니, 어쩔 수 없다는 듯 가벼운 한숨을 내쉬었다.

"말로는 이길 수가 없어."

"검으로도 이길 수는 없지."

"주먹으로는 이겨!"

"이승일패. 내가 이겼구만."

"목숨은 하나야. 너의 검과 나의 주먹, 무엇이 나을까?"

"내가 진 셈 치세. 그러면 이승이패. 무승부구만."

철리패는 뭐라고 말하려다가, 다시 한숨을 내쉬었다.

그리고 천금대종 쪽으로 고개를 돌렸다.

"쉬운 상대를 놔두고 굳이 어려운 싸움을 할 필요는 없겠지."

그러며 철리패는 걸음을 내딛었다.

그러자 천금대종이 눈매를 꿈틀거렸다.

쉬운 상대라니.

치욕적이다.

수라천마 장후도 아니고 고작 권황 철리패에게 이딴 소리를 듣게 되다니.

상상치도 못했다.

하지만 천금대종은 치미는 분노를 가라앉히고, 담담한 말투로 말했다.

천마재생

"어떻게 한 거지?"

철리패는 코웃음 쳤다.

"물을 것을 물어. 차라리 살려달라고 애걸하던가. 하지만 그러진 마라. 창피하기만 할 테니까."

그러며 다시 걸음을 내딛으려 했다.

그 순간, 신검이 검을 뻗어 철리패의 앞을 가로 막았다.

철리패가 눈매를 좁히며 신검을 향해 고개를 돌렸다.

"지금?"

신검이 고개를 저었다.

"아니. 내가 진 셈 치자고 하지 않았는가."

철리패가 자신의 앞을 막은 검을 내려 보았다.

"그럼 이건 뭐하자는 짓인가?"

신검이 검을 돌리며 빙긋 웃었다.

"얘기나 좀 하자는 거네. 바쁠 것도 없지 않은가?"

"바쁘지 않을 것도 없지."

신검이 놀랍다는 듯 눈을 크게 벌렸다.

"자네? 많이 늘었구만. 얼마나 늘었나 볼까?"

철리패가 눈매를 꿈틀하더니, 짧은 한숨을 내쉬었다.

"알았네, 알았어. 일각이면 되나?"

"일각이면 충분하지."

그러며 신검은 검을 돌려 어깨에 걸쳤다. 그리고 천금대종을 향해 고개를 돌렸다.

"그래. 뭐?"

마치 귀찮지만 질문을 받아주겠다는 투이다.

하기에 천금대종은 이를 악 물었다.

하지만 바로 평정을 되찾고, 차분한 어조로 말했다.

"우리의 진법을 어떻게 깬 거지?"

신검이 빙긋 웃었다.

"그건 당신 덕분이지 않은가."

천금대종이 눈을 좁혔다.

"조롱할 거면 하던 거나 계속하지."

신검이 고개를 저었다.

"조롱이 아니야. 정말로 당신 덕분이라네."

천금대종의 눈매가 파르르 떨렸다.

자신으로 인해 천금멸마금진이 더 공고해졌다면 모를까, 오히려 반대로 깨어진 이유가 되었다니.

인정할 수 없었다.

거짓일 것이다.

그저 조롱이며 도발일 것이다.

그래야만 했다.

더 들을 필요도 없다.

하지만 들어보고 싶은 건 왜 일까?

'걸려들었군.'

검성 하지후.

현 무림에서 가장 검을 잘 다룬다는 자.

하지만 손에 들어 쥔 검보다 세 치 혀가 더 날카롭다 싶다.

천금대종은 결국 입을 열었다.

"왜 내 덕분인가? 어째서지?"

신검이 어찌 설명해야 고민하는지, 눈동자를 살짝 굴리다가 뭔가 떠올랐다는 듯 빙긋 웃었다.

"너희의 진법은 내가 살아오며 단 한 번도 본 적 없을 정도로 긴밀하고, 단단해. 어떠한 무리(武理)로 그게 가능한지는 모르나, 구성원 모두가 힘을 합하는 정도가 아니라, 아예 한 사람이 된 듯하더군."

천금대종이 입을 굳게 다물었다.

맞았다.

천금멸마금진의 근간이 바로 그것이었다.

신검이 툭 뱉듯이 말했다.

"그렇다면 그 진법은 실패작이라네."

천금대종이 딱 붙은 치아를 비틀어 낮게 깔린 목소리를 흘렸다.

"헛소리. 천금멸마금진은 완벽해."

신검이 고개를 저었다.

"아니. 실패작이야. 아마도 그 진법을 창안한 자는 천재였을 거야. 그리고 순수했을 거야. 원대한 꿈이 있었겠지.

그 꿈을 이룰 수 있다는 열정도 있었겠지. 그만한 노력도 했을 것이고."

그랬다.

천금멸마금진의 창안자는 시조인 종일문.

그는 천재였다.

뿐만 아니라 옳았고, 순수했고, 열정적이었다.

그렇기에 천금멸마금진이라는 완벽한 합격진법을 만들 수가 있었다.

하지만 신검이 한심하다는 듯 입매를 비틀었다.

"그래서 실패한 거야."

신검이 가르치는 듯한 말투로 말을 이었다.

"사람이란 한결같지 않아. 생사를 겨루는 순간에는 더 더욱 그렇지. 수십 수백 가지 감정이 일시에 떠올라. 다만 그 중 하나만을 끌어올려 전체를 묶어 버릴 뿐이야. 그런 데 경지에 이른 고수 수십 명을 한 사람처럼 엮는다? 되면 그만한 진법이 없겠지. 고금제일의 합격진이라고 하여도 부족함이 없을 게야. 하지만 그게 될 리가 없어."

"어째서? 되었지 않은가?"

"된 것처럼 보였을 뿐이지. 묻겠네. 어떻게 해야 고수가 되는가? 아니지. 고수란 어떤 이들인가?"

신검은 천금대종의 대답을 기다리지 않고, 바로 말을 이어갔다.

"고수란 만들어지는 게 아니야. 태어나는 게지. 같은 길에 놓아두어도, 결국엔 자신만의 길을 찾아가는 이들이야. 그렇게 걸어야지만 직성이 풀리는 고집쟁이들이야. 그렇게 나아가야 걸을 수 있는 오만방자한 이들이야. 그게 고수이야. 좋은 무공을 가르치고, 좋은 약과 음식을 먹인다고 해서, 만들어지는 게 아니라는 게지. 헌데 너희는 모두 고수란 말이지. 각자가 각기 다른 길을 걸어왔다는 게야. 그런 너희를 하나로 묶는다? 일시적으로는 가능하겠지. 하지만 지속할 수는 없어. 너희는 태생적으로 그게 가능하지 않은 녀석들이니까."

천금대종과 천종금류들은 콧김을 훅 뿜었다.

신검의 말이 칭찬인지 비난인지 구분할 수가 없었다.

신검은 그들의 반응 따위는 관심 없다는 듯 자신의 말만 이어갔다.

"그런데도 그 진법이 완벽하다고 믿었던 건, 바로 당신 때문이야. 당신이 다른 이들을 억압하고 복종케 한 게지."

천금대종이 뭐라 말하려는 순간, 신검이 빠르고 차가운 목소리로 잘라냈다.

"물론 당신은 아니라고 여기겠지. 하지만 힘으로 무릎 꿇리지 않아도 억압이야, 복종이고. 충성과 복종은 한 배에서 나온 쌍둥이같은 게야. 당신은 정작 모르겠지만, 네 수하들의 입장은 달라. 그 진법을 창안한 녀석도 모르겠지.

모르니까 그딴 진법을 만들었을 게야. 본래 주인이 개의 심정을 알 수는 없는 법이니까."

천금대종이 짐승이 으르렁거리듯 말했다.

"우리는 모두가 동등하다. 주인과 종복의 관계가 아니야."

신검이 코웃음 쳤다.

"당신은 그리 여기겠지. 그리 믿고 싶을 것이고. 하지만 그런 건 없어. 사람이란 둘 이상 모여 뭔가를 하고자 하면 하나가 나서고 다른 하나는 따르게 돼. 그렇게 서열이 생기고, 계층이 생기고, 권력이 태어나는 거야."

"우리에게 그런 건 없다."

"그렇게 믿고 싶은 게지. 모르겠나? 네가 주인이야. 네 주변에 있는 녀석들은 종복이고. 네가 주인이 아니라고 하는 이유를 알려줄까? 존경받고 싶어서야. 영예롭고 싶어서이지. 착하고 싶어서야. 그렇기에 설득이라고 포장하여 주인의 권리만 행사하고, 책임이나 의무는 지려하지 않는 것이지."

"허튼 소리!"

신검은 준엄한 표정으로 말했다.

"주인 된 자는 영예로워서는 아니 된다. 존경을 받으려 해서도 아니 돼. 착해져서도 아니 된다. 세상의 모든 비난을 한 몸에 얻어야 한다. 그래야 나를 따르는 이들을 챙길 수가 있어. 모르겠느냐? 네가 그리 착하고 명예를 추구하기에, 너의 수하들은 너를 의심하는 게다. 너의 손과 발이 되지 못하는 게야. 너를 좋아할 수는 있어도 너의 명을 순순히 따를 수가 없는 게다. 네가 책임을 질 리 없다고 여기기 때문이야."

천금대종이 버럭 소리 질렀다.

"나는 동료이지 주인이 아니다! 너는 틀렸다!"

신검이 고개를 저었다.

"아니, 네가 틀렸다. 그렇기에 시간이 흐르며 너희 수하들은 너의 의지를 따를 수 없고, 스스로 살아온 길을 쫓으려 했다. 그렇기에 너희의 진법은 깨어졌고, 이제 다시는 이루어질 수 없어."

천금대종은 그럴 리 없다는 듯 코웃음 쳤다.

하지만 눈동자는 파르르 떨렸다.

그의 주변에 있는 천종금류들 역시 마찬가지였다.

신검이 어깨에 걸쳤던 검을 앞으로 내밀며 말했다.

"믿지 못하겠다면, 다시 해 보거라. 그 진법, 단숨에 잘라 줄 터이니."

천금대종은 매섭게 신검을 노려보았다.

어느 순간 그의 눈동자가 연녹색 빛살을 뿜었다.

동시에 그의 입이 찢어질 듯 벌어졌다.

"천종금류는 산개하여, 후발대와 합류하라! 이 둘은 내가 막겠다!"

그러며 천금대종은 신검을 향해 몸을 날렸다.

콰아아아앙!

신검은 튕겨 세 걸음 물러섰고, 천금대종은 잠시 비틀거렸지만, 다시 신검을 향해 달려들었다.

그러며 외친다.

"무엇들 하느냐!"

그제야 가만히 서 있던 천종금류들이 빛살이 되어 사방으로 흩어져 날아갔다.

콰아아아아앙!

신검은 천금대종의 연이은 공격을 뒷걸음질 치며 받아내며 말했다.

"뭐 하는가?"

휘이이익!

철리패가 날아와 천금대종을 향해 주먹을 뻗었다.

콰아아아앙!

천금대종은 비틀거리며 세 걸음 정도 물러났고, 철리패는 신검의 곁에 내려섰다.

철리패가 신검을 돌아보며 말했다.

"그 말을 믿네?"

신검이 검을 고쳐 잡고 빙긋 웃었다.

"틀린 말은 아니었잖아?"

"그렇다고 맞는 말도 아니었지."

"틈이 나면 찔러서 더 벌려야지, 아물도록 둘 수는 없지 않나?"

신검의 말에 철리패는 피식 웃으며 고개를 내저었다.

"쉽지 않아. 정말 쉽지 않아."

신검이 검을 휘휘 돌리며 천금대종을 향해 몸을 틀었다.

"자네는 그만 가보게. 이 녀석은 내 차지야."

철리패가 눈살을 찌푸렸다.

"어째서?"

"내가 잘라냈지 않나. 자네는 쫓아가서 뭉개던가, 다지던가 하게."

그러며 신검은 천금대종을 향해 걸음을 옮겼다.

철리패는 어쩔 수 없다는 듯 한숨을 쉬며 사라진 천종금류를 쫓아 몸을 날렸다.

천금대종이 빠드득 이를 갈았다.

"역시 거짓말이었나?"

신검은 고개를 저었다.

"아니. 거짓은 아니지. 다만, 조금 과장되었을 뿐이라네."

"조금 과장?"

"중요한 건, 내 말이 거짓인지 진실인지가 아니라, 당신이 믿었다는 게지. 당신도 그리 생각하고 있었다는 게야.

아닌가?"

천금대종은 대꾸치 못하고 이를 빠드득 갈았다.

"내가 말하지 않았나? 주인 된 자는 착해서는 안 된다네. 나처럼 말이야."

그러며 신검은 천금대종을 향해 검을 내밀었다.

그렇게 천금대종의 얼굴 쪽을 향한 신검의 검은 마치 날름거리는 혀만 같았다.

천마재생

第百二十三章.

누구겠어?

天魔再生

第百二十三章.

누구겠어?

쉬이이이익!

천금종인의 이인자인 천금혜안은 달리고 또 달렸다.

울분을 삭히고자 더욱 속도를 높였다.

이렇게 무력하게 당하다니!

슬프고 괴롭다.

차라리 천종금류를 뒤쫓고 있을 철리패과 싸우다 죽고 싶다는 생각까지 돌았다.

하지만 천금종인에서 가장 지혜롭다는 사람답게 감정은 빠르게 삭히고, 상황을 제대로 분석하기 위해 냉정을 되찾고자 했다.

'천금멸마금진이 깨어진 게 천금대종의 탓이라고?'

천마재생

그래.

신검의 이야기는 거짓이 아니었다.

하지만 진실이라고 할 수도 없었다.

그럼 뭐라고 해야 할까?

'잠재적인 가능성?'

그래, 그렇게 표현하는 것이 적당할 것이다.

천금혜안이 여기기에는 그랬다.

'제대로 찔린 거지.'

현 무림에서 가장 검을 잘 다루는 사람이기 때문일까?

신검은 정말 제대로 찔렀다.

천금혜안이 여기기에 천금멸마금진이 깨어진 이유는 명확하게 무엇이라고 규정할 수가 없었다.

하지만 나열할 수는 있다.

철리패의 맹렬한 공격을 통한 초조해졌다.

틈을 노리며 주변을 맴도는 신검으로 인해 불안해졌다.

그리고 천금종인의 후발대가 도착했다는 말에 복잡해졌다.

그 순간 천금멸마금진의 중심 역할을 하는 천금대종의 제어가 흐릿해졌고, 구성원인 천종금류들이 모두 각자의 사고와 판단에 따라 움직였다.

그 모든 상황이 맞물려 돌아간 탓에 천금멸마금진은 깨어진 것이다.

그런데 신검은 그 많은 이유 중에서 단 한 가지, 천금대종을 원인으로 삼았다.

물론 틀린 말은 아니었다.

그것도 분명 이유였으니까.

하지만 옳다할 수도 없었다.

만약 지금과 같은 상황이 아니라면 천종금류 모두가 코웃음으로 넘겼을 것이다.

하지만 최악의 상황에 던진 말이었기에, 설득력을 가진다는 게 문제였다.

아니다.

설득되고 싶다는 게 문제였다고 해야 했다.

천종금류들은 모두가 이 사태의 책임을 천금대종에게 단 한사람에게 미루고 싶다는 욕심을 하고 있었던 것이다.

그렇기에 신검의 말에 현혹되고만 것이었다.

그건 뱉어내기 힘든 너무나 달콤한 유혹이다.

그러니 아님을 알면서도 속는 것이다.

당하는 줄 알면서도 당하고 만 것이다.

'사람이란 이토록 간사해.'

단 한 사람, 천금대종은 달랐다.

그는 신검의 말에 현혹되지 않았을 것이다.

다만 그저 느낌으로 알 수 있었겠지.

천금멸마금진을 다시 형성할 수 없다는 것을.

천금멸마금진을 형성하려면 천종금류들의 마음이 하나로 화합됨이 전제된다.

하지만 천종금류들이 사태의 책임을 천금대종에게 미루겠다는 생각을 하게 되었으니, 하나가 될 수가 없었다.

그러니 천금대종은 산개하여 후발대와 합류하라고 명한 것이다.

'그렇군. 명령이었어.'

천금혜안은 자신이 그 부분을 놓치고 있었음을 지금 깨달았다.

천금대종이 명령을 내렸다.

처음이었다, 천금대종이 천종금류들에게 명령을 내린 것은.

책임을 지겠다는 뜻이었겠지.

신검의 말마따나 천금종인의 주인이 자신임을 인정하며 수족의 목숨을 챙기겠다는 의지의 표출이겠지.

죽음으로써 말이다.

모두 자신이 짊어지고 가겠다는 것이다.

천금혜안은 이를 악 물었다.

'좋은 사람이야.'

하지만 사람이 착하고 좋기만 해서는 안 된다.

그래서 이런 꼴이 난 것이다.

천금대종이 천금종인의 주인을 자처할 것이었으면 오래

전에 했어야 했다.

그는 천금종인의 주인이 될 자격이 충분했으니까.

그랬다면 상황은 지금과 같지 않았을 것이다.

'이미 지난 일이지.'

이제부터의 일을 살펴야 한다.

성지인 천마도를 잃었다.

수복할 수는 없을 것이다.

인정해야한다.

천마도는 포기한다.

도착했다는 후발대와 합류하여 탈출하는 게 우선이다.

후발대가 예정한 인원과 병력 그대로라면, 천금종인 그 자체와도 같은 전력이다.

그러니 그들까지 잃는다면 천금종인은 긴 잠을 빠져들어야 할 것이다.

언제 깨어날지 모르는 아주 길고 고된 잠을······.

'그럴 수는 없지. 그렇게 되지도 않아.'

천금혜안은 눈을 좁혔다.

'응?'

이건 뭘까?

천금혜안은 자신의 머리 안 아주 깊숙한 곳에 문이 있어서, 갑자기 활짝 열리는 것만 같은 기분을 느꼈다.

그 안에서 더럽고 흉측한 악의가 튀어 나온다.

천
마
재
생

'대체 이건 뭐지?'

쏟아져 나온 것들은 단숨에 천금혜안의 머리를 장악해 버렸다.

그 순간 천금혜안은 깨달았다.

'가의은심공(假意隱心功)!'

일종의 정신무공으로, 마음을 나누어 한 순간에 두 개, 혹은 세 개의 생각을 할 수 있다는 분심공(分心功)에서 파생된 심공이었다.

가의은심공은 마음을 나누는 것이 아니라, 껍데기 인격을 세워둔 채 본심을 아예 숨기는 묘용을 가진다.

그러니까 자신을 대신하여 세워놓은 껍데기 인격을 뒤에서 조종하거나 지켜보며 진짜 자신의 인격을 드러나지 않도록 숨기는, 대체 무슨 쓸모가 있을까 싶은, 아이의 짓궂은 장난 같은 심공이었다.

대체 누가 이런 쓸모없는 심공을 만들었을까?

왜 난 이런 심공을 익히고 있던 걸까?

천금혜안은 두 질문을 떠올리자마자, 바로 답을 알 수 있었다.

이 가의은심공을 만든 것이 천금혜안이니까.

그리고 자신의 오랜 야욕을 천금대종과 천종금류들에게 숨기려면 꼭 필요했으니까.

천금혜안이 발길이 더뎌진다.

그의 눈빛 역시 변했다.

조금 전까지는 맑고 뚜렷했다면, 지금은 혼탁하고 어둡다고 해야 할까?

쉬이이이익.

천금혜안의 옆으로 두 개의 빛살이 내려앉았다.

사방으로 흩어졌던 천종금류 중 이인이었다.

둘 중 수염이 유난히 긴 노인이 주변을 둘러보며 말했다.

"혜안. 한참을 찾았네. 자네라면 이곳 천마도의 비도를 속속들이 알 티, 자네가 길을 인도하여 주시게."

천종금류 중에서 가장 나이가 많기에 천금노옹(天金老翁)이라고 불리는 이였다.

천금노옹은 지혜롭다 할 수는 없지만, 오래 살아남은 만큼 직감은 뛰어났다.

그랬기에 이렇게 방향을 틀어 천금혜안을 찾아온 모양이었다.

천금혜안은 고개를 저었다.

"아니오."

천금노옹이 주름을 밀어내고 눈을 크게 떴다.

"허어. 자네도 모른단 말인가?"

"아니요. 잘 압니다."

그러자 천금노옹과 같이 나타난 사내가 말했다.

"그럼 무슨 뜻이오?"

천금풍객(天金風客)이라고 불리는 자였다. 경공이 능하고, 이곳저곳을 떠돌아다니기를 좋아하여 붙은 이름이었다. 그는 여러 곳을 전전하다보니, 눈치가 빠르고 상황판단이 기민했다.

그랬기에 천금혜안의 모습이 조금 이상하다는 느낌을 받았나 보다.

천금혜안은 경직된 얼굴로 말했다.

"이상하지 않소?"

천금풍객이 되물었다.

"뭐가 말이오?"

"우리가 안일했다고 칩시다. 우리가 좀 허술했다고 칩시다. 하지만 우리는 분명 현 무림의 상황을 예의주시했고, 상당한 정보를 취합하여 왔소이다. 취합한 정보와 현무림의 인물들이 실제 모습이 다를 수야 있겠지만, 그 오차가 이 정도가 난다는 건……."

천금노옹이 고개를 끄덕이며 말했다.

"이상하지. 안 그래도 이상하다 싶었네. 그렇다면 자네 생각은?"

이번엔 천금혜안이 고개를 끄덕였다.

"그렇습니다. 우리 안에 누군가가 정보를 조작해왔다는 겁니다."

천금풍객이 깜짝 놀라 외치듯 말했다.

"그러니까 혜안 당신 생각은 우리 중에 수라천마와 내통한 자가 있다는 거요?"

천금혜안이 고개를 저었다.

"아니오. 제 생각은 우리 중에 시천마와 내통한 자가 있는 듯합니다."

천금노옹이 눈을 크게 떴다.

"뭐? 시천마와?"

천금혜안이 고개를 끄덕였다.

"그렇습니다. 보시면 알겠지만, 상황이 묘합니다. 도착한 후발대가 무엇을 들고 오기로 했는지 아시지요?"

천금노옹과 천금풍객은 입을 굳게 다물며 고개만 끄덕였다.

그제야 천금혜안이 말을 이었다.

"아무리 현 무림의 인물들이 뛰어나다고 하여도, 그리고 아직 코빼기도 보지 못한 수라천마가 혹여 시천마와 대등하다 하더라도, 그것이라면 충분히 감당할 수 있습니다."

천금노옹이 힘겹게 입술을 벌렸다.

"하지만 우리도 몰살되겠지."

천금혜안이 고개를 끄덕였다.

"네. 그렇다면 누군가가, 시천마와 손을 잡고 우리와

천마재생

수라천마가 공멸하기를 기도하지 않았나하는 생각이 드는군요."

천금풍객이 물었다.

"가능성을 얼마로 보오?"

"구할 이상. 전 그렇다고 봅니다."

그러자 천금노옹과 천금풍객이 억눌린 신음을 흘렸다.

천금혜안이 표정을 조금 밝게 고치며 말했다.

"하지만 아직 늦지 않았습니다. 시천마와 공모한 자가 누군지만 안다면 바로 잡을 수 있을 겁니다."

천금노옹과 천금풍객이 눈을 반짝였다.

"짐작이 가는 바가 있소?"

천금노옹이 그렇게 묻자, 천금혜안이 천천히 고개를 끄덕였다.

그러자 이번에는 천금풍객이 물었다.

"대체 그 간악한 자가 누구요?"

천금혜안은 갑자기 주변을 둘러보았다. 마치 누가 들을까 무섭다는 듯만 했다.

그리고 주변에 아무도 없음을 확인하고 나서야, 천천히 입을 벌렸다.

"배신자는……."

목소리가 작기에 천금노옹과 천금풍객은 동시에 천금혜안에게 얼굴을 들이밀었다.

"나요."

푹, 푹.

천금노옹과 천금풍객은 이마에 둥근 구멍을 드러낸 채, 그대로 넘어갔다.

천금혜안이 두 사람의 시체를 불쌍하다는 눈으로 내려 보았다.

"당연한 것 아닌가? 내가 아니면 누가 이 정도로 완벽한 그림을 그려내겠나. 푸하하하하하핫!"

천금혜안은 즐겁다는 듯 고개를 젖히며 웃어댔다.

기쁘고 기뻤다.

이 날을 얼마나 기다려 왔던가.

이제 이 그림의 끝이 보인다.

이 천마도는 수라천마와 천종금인의 무덤이 되리라.

그 후 이 무덤을 시천마께 진상하리라.

그러면, 그러면!

"푸하하하하하하하핫!"

이제 끝이 보인다.

후발대가 가지고 온 그것은 본래 천종금류 스물넷의 인장이 없으면 개봉할 수 없도록 되어 있었다.

하지만 천금혜안은 수십 년의 노력 끝에 그것의 봉인을 해제할 수 있는 방법을 찾아내고 말았다.

그리고 다시 십여 년을 참고 또 참았다.

천마재생

단 한 번의 기회를 잡기 위해서!

바로 오늘을 위해서 말이다.

천금혜안은 자신이 만들어낸 두 구의 시체를 뒤로 하고 몸을 날렸다.

이제 수십 년 동안 그려온 그림의 완성을 위해 마지막 점을 찍을 때였다.

그가 사라진 자리, 그림자 하나가 솟구쳐 오른다.

그림자는 사람의 형태로 변하더니, 아직도 뜨거운 피를 뿜어내는 천금노옹과 천금풍객의 시체를 내려 보았다.

"역시 저 녀석이군."

검은 그림자의 눈동자가 푸른빛을 발하고 있었다.

†

파도가 철썩이는 해안가, 짙게 드리운 노을 때문인지 적적하기만 하다.

이 자리에 연인이 있다면 밀려왔다가 멀어지는 바닷물의 장난에 웃고 떠들며 추억을 만들 것이다.

하지만 이곳에 선 수백 명의 사내들은 웃음 따위는 모른다는 듯이 엄숙하기만 했다.

그들이 바로 천종금인의 후발대들이었다.

아니, 천종금인 그 자체였다.

그들은 대열을 유지한 채, 섬 안쪽을 바라보고만 있었다.

그래서인지 모래사장이 얼마나 깊은지를 알아보려 박아 놓은 사람 모양의 말뚝 같기도 했다.

대체 왜 일까?

그들의 수뇌부인 천종금류와 연락이 닿지 않기 때문이었다.

짐작할 수 있는 원인은 여러 가지이지만, 최악의 경우만은 산정해야 하는 게 그들의 임무이다.

앞으로 한 시진.

그때까지 천종금류들의 연락이 오지 않는다면, 돌아가야 했다.

그리고 새로운 천종금류를 선출하고, 새로운 천금종인을 이루어야만 했다.

그것이 천종금인이 수백 년을 버틸 수 있었던 방식이며, 고수해야만 하는 전통이었다.

하지만 결코 지켜지지 않았으면 싶은 전통이기도 했다.

그렇기에 천종금인의 무인들은 초조한 마음을 숨기며, 먼 하늘 위에 연녹색 꽃이 피기만을 기다렸다.

연녹색 꽃은 천마도를 수복했다는 신호이기 때문이었다.

연녹색 잎사귀라고 하여도 괜찮다.

연녹색 잎사귀는 천마도를 수복하기 위해 진주하라는 신호이기 때문이었다.

새하얀 눈송이만 아니면 된다.

눈이 내리는 계절은 겨울.

봄이 오지 않았으니 싹이 올라올 수 없다.

그러니 숨어야 한다.

추운 겨울이 가고 봄이 올 때까지.

초조하고 간절한 기다림 속에 반시진이라는 시간이 흘러갔다.

아무런 신호가 없다.

이제는 차라리 눈송이라도 내렸으면 싶었다.

천종금류 중 누군가는 살아남아서 신호를 보냈다는 뜻일 테니까.

그때였다.

쇄애애애애애애액!

멀리 연녹색 빛이 반짝이더니, 이내 덩어리가 되어 천금종인들의 대열을 향해 날아왔다.

천금종인의 무인들은 침을 꿀꺽 삼키며 점점 커지는 연녹색 덩어리를 노려보았다.

사람.

분명 사람이었다.

어느 순간, 누군가 속삭였다.

"천금혜안이시다."

그 속삭임은 빠르게 퍼졌고, 모두의 입가에 미소로 피어났다.

잠시 사이 천금혜안은 그들의 앞에 내렸다.

천금종인 모두가 포권을 취하며, 외쳤다.

"백부님을 뵙습니다!"

천종금류들은 천금종인의 무인들에게 백부나 숙부라고 불린다.

지위와 서열로 나누지 않겠다는 선대의 의지가 반영된 호칭이있다.

천금혜안은 그게 너무도 싫었다.

작위적이며 모순적이라고 여겼다.

시천마를 제거하자는 숭고한 목적은 좋지만, 그 목적을 달성하기 위해 집마맹을 만들어 세상을 핍박하는 행태가 더럽고 역겹기만 했다.

차라리 시천마가 낫다.

그런 생각은 나이가 들며 더욱 짙고 선명해졌다. 그러니 그들이 손을 뻗었을 때 이건 운명이라는 생각까지 들었다.

그 운명의 종착지가 바로 여기이다.

천금혜안은 천금종인들을 향해 외쳤다.

"멸양포(滅陽包)는 어디 있느냐!"

멸양포?

멸망의 태양을 담은 보따리?

그게 무엇일까?

천금종인의 무인들은 알 수가 없어 서로를 둘러보았다.

천금혜안이 외쳤다.

"시간이 없다. 멸양포는 당장 앞으로 나서라! 이는 나의 뜻이 아닌, 천종금류 스물네 명 모두의 합의이다!"

천금종인은 서로를 둘러보았다.

하지만 누구 하나 나서는 이는 없었다.

천금혜안은 품을 뒤졌다.

역시 말로는 안 되는가 보다.

아깝지만 어쩔 수 없……

"응?"

없다?

어떻게 된 거지?

흘린 건가?

그때였다.

"이거 찾나?"

갑자기 들린 목소리에 천금혜안은 휙 고개를 돌렸다.

그곳에 낯선 청년이 자신을 향해 손을 내민 채 서 있다.

청년의 손바닥 위에는 천금혜안이 지금껏 찾건 보자기가 들려 있었다.

청년이 대수롭지 않다는 투로 가볍게 천금혜안을 향해 툭하고 주머니를 던지며 말했다.

"자. 뭐든 해봐."

천금혜안은 주머니를 받아들지 못했다.

고정이라도 된 것처럼 청년에게서 눈을 떼지 않았다.

그러며 힘겹게 입을 열어 떨리는 목소리로 물었다.

"다, 당신은 누, 누구요?"

"누구겠어?"

그렇게 말하는 청년은 부드러운 미소를 입가에 그렸다.

그 미소가 천금혜안에게는 어쩐지 섬뜩하게만 느껴졌다.

第百二十四章.

이제 죽여주마

第百二十四章.

이제 죽여주마

군이 설명하거나 배우지 않아도 알 수 있는 것이 있다.

예를 들자면 숨을 쉰다는 것?

그렇다.

숨을 쉰다는 행위는 생명이라면 태어난 그 순간 자연스레 깨닫는다.

하지만 천금혜안은 숨을 쉬는 법을 잊었다.

심장은 뛰는 법을 잊은듯했다.

눈은 움직이는 방법을 모르는듯했다.

머리는 생각하는 방법까지 까맣게 지워진듯했다.

그의 모든 것은 바로 옆에 나타나 주머니를 던져준 청년만을 담고 있었다.

천마재생

청년이 말했다.

"뭘 그리 놀라나?"

그 대수롭지 않은 말이 천금혜안을 깨웠다.

천금혜안은 잊었던 모든 것을 되찾을 수 있었다.

숨을 들이쉴 수 있었고, 심장은 다시 고동쳤으며, 고정되어 있던 눈동자는 기지개를 키듯 파르르 떨렸다. 그리고 머리는 분주하게 돌아갔다.

천금혜안은 왜 자신의 호흡이 끊어지고 심장이 멈췄으며, 머리는 멎었는지를 바로 알 수 있었다.

그래, 말마따나 놀란 탓이었다.

숨이 멎고, 심장이 멈추고, 머리는 하얗게 비어버릴 만큼 충격을 받은 것이다.

이 청년이 바로 옆에 나타났다는 것이.

그리고 이 청년에게서 느껴지는 막대한 존재감에!

'수라천마!'

분명하다.

이 청년의 정체는 틀림없이 수라천마 장후!

그가 아니라면 누가 이런 존재감을 가질 수 있을까?

아니, 아무리 수라천마 장후라고 해도 이런 존재감을 보일 수는 안 되었다.

정녕 사람인가?

마치 거대한 산을 포개고 접어서 사람의 형태를 한 틀에

구겨 넣은 것만 같지 않은가.

수라천마 장후는 당장에 부풀어 올라 이 주변에 있는 모두를 짓눌러 압살해 버릴 것 같았다.

천금혜안은 입술이 바짝 마르는 것만 같았다.

'이 정도였나?'

이럴 리가 없다!

천금혜안은 천종금인에서 취합한 수라천마 장후에 관한 기록을 조작해 왔었다.

천종금인을 움직여 수라천마 일파와 공멸시키기 위한 계획의 일환이었다.

수라천마 장후에 대한 정보를 조작하기 위해서는 기록된 문서를 세세히 살펴야만 했다.

어떤 건 과장되게 포장했고, 다른 어떤 건 축소했으며, 또 어떤 건 기록 그대로 놓아두었다.

그로써 읽는 이가 그 누구라고 해도, 수라천마 장후가 경계할 만한 대상이지만 제거해야할 적이기도 하며, 그게 그리 어렵지는 않은 상대일 수 있도록 느끼도록 만들어야만 했다.

그건 아주 교묘하고 섬세해야 하는 작업이었다.

때문에 천금혜안은 수라천마 장후라는 존재를, 마치 자식이나 부모, 형제처럼 잘 안다고 할 수 있을 정도로 철저히 파고들어야만 했다.

천마재생

천금혜안이 최근 십여 년 동안 가장 많은 공을 들였던 작업이라고 자신 있게 말할 수 있었을 정도였다.

그 결과는 성공적이었다.

이렇게 천금종인을 움직일 수 있었으니 말이다.

어찌 되었건 그런 이유로 천금혜안은 수라천마 장후를 속속들이 안다고 자부했다.

그런데 이건 대체 누굴까?

그가 아는 수라천마 장후라면 이런 모습을 보일 수는 없었다.

수라천마 장후는 분명 현 강호무림에서 가장 강한 인물이지만, 이토록 압도적인 존재일 수는 없었다.

뭔가 잘못된 것이다.

'대체 어디가?'

천금혜안은 문득 든 생각에 저도 모르게 속삭였다.

"설마 시천마?"

그러자 남장후가 눈살을 찌푸렸다.

"흐음. 이런 식으로 먹일 줄은 몰랐는데?"

천금혜안은 침을 꿀꺽 삼켰다.

그렇다면 정말 이 청년이 수라천마 장후라는 말인가?

남장후가 눈매를 풀고 천금혜안의 발밑에 덩그러니 놓여 있는 보자기 쪽으로 시선을 내렸다.

"뭐해? 필요한 거 아니었나? 다시 가져갈까?"

천금혜안은 그제야 자신의 발밑에 놓인 주머니로 고개를 내렸다.

그래, 지금은 그저 놀라고만 있어서는 안 되었다.

이 청년이 수라천마 장후이고, 예상보다 월등한 존재감을 품고 있다고 해서 달라지는 건 없었다.

아니, 없게 만들어야 했다.

이 자리는 천금혜안에게는 오랫동안 준비해왔던 꿈의 종착지였다.

이 순간의 실패로 수십 년 동안 흘렸던 피와 땀을 악몽으로 만들 수는 없었다.

'이 주머니.'

주머니 안에는 천종금류의 합의가 없더라도 멸양포를 발동시킬 수 있는 물건이 담겨 있었다.

멸양포만 발동한다면, 아무리 수라천마 장후라고 하여도…….

'그런데 이 주머니 안에 그것이 정말 담겨 있을까?'

그랬다면, 수라천마 장후가 굳이 이 주머니를 돌려줄 이유가 없었다.

아니, 주머니 안에 물건이 무슨 용도인지를 알지 못해서, 되돌려주는 건지 모른다.

그래, 알 수가 없지 않는가.

하지만 그래도 아니지. 모른다고 해도 굳이 돌려줄 필요도 없지 않나?

"생각이 많구나."

들려온 목소리에 천금혜안은 순간 몸을 떨었다.

남장후의 목소리가 이어진다.

"머리가 좋은 것들은 이따금 제 머리 안의 풍경만을 보지. 주변을 보려하지 않아. 때문에 벼랑 끝에 몰리면 제 머리 안에 그려놓은 풍경이 현실이라고 착각하고, 오히려 제 눈앞에 드러난 현실을 외면하지. 지금 네가 그렇구나. 답을 스스로 찾으려 하지마라. 네게서 구해야 함이 옳지 않느냐? 나를 보아라."

천금혜안이 천천히 고개를 들어 남장후를 바라보았다.

그러자 남장후는 흐뭇하다는 듯 미소를 지었다.

"물어보아라."

어린 아이를 가르치는 듯이 친절한 표정과 말투이다.

그래서 일까?

천금혜안은 침을 꿀꺽 삼키더니, 결심한 얼굴로 말했다.

"왜요?"

그 질문을 던진 후 천금혜안은 입술을 깨물었다.

실로 멍청하다.

순간 물어보고 싶은 질문이 수십 가지나 떠올랐고, 그 때문에 머리가 어지러웠다.

그 중 하나를 고른다는 것이 고작 '왜요?' 라는 질문이었
다.

너무나 당황해서 그렇다.

너무나 초조해서 그렇다.

하지만 아무리 당황하고 초조하다고 해도, 이래서는 안
되었다.

어떤 순간에도 차갑고 명석하게 우선순위를 정하고, 정
리해야만 했다.

가장 중요한 순간에 이처럼 어수룩하게 굴다니.

창피하고 또 창피하다.

하지만 남장후는 당연하다는 표정으로 대꾸해주었다.

"고마워서 그렇단다."

그 순간 천금혜안의 눈이 커졌다.

고마워?

내게?

대체 뭐가?

남장후의 말이 이어졌다.

"네가 있기에 천금종인의 존재를 눈치 챌 수 있었다. 네
가 있기에 천금종인의 행적과 목적을 알 수 있었다. 네가
있기에 천금종인을 끌어낼 수 있었다. 그리고 네가 있기에
천금종인을 무너트릴 수 있었다. 그러니 어찌 고맙지 않겠
느냐?"

"내가 있어서 천금종인을 무너트릴 수 있었다고?"

천금혜안이 속삭이듯 묻는 말에 남장후는 가볍게 고개를 끄덕였다.

"그래. 네가 나를 엿보았기에, 나 역시 너를 볼 수 있었으니."

천금혜안이 느리게 고개를 저었다.

"그럴 리가 없어."

남장후가 피식 웃었다.

"말하지 않았느냐? 생각이 많은 자는 몰리면 제 머리 속에 그려진 풍경만을 보지. 눈앞의 현실을 보지 못해."

천금혜안이 버럭 소리 질렀다.

"아니야!"

남장후가 말했다.

"보아라. 내가 네 옆에 서 있다. 보고도 모르느냐? 이것이 네가 현실을 외면해왔던 결과야, 버러지야."

그러며 빙긋 웃는다.

"하지만 난 네게 네가 범한 모든 실수를 뒤덮을 수 있는, 기회를 한 번 주려고 한다. 어째서냐고 묻는다면, 네가 고마워서라고 하겠지. 난 진심으로 네가 고맙다. 너로 인해 천금종인이라는 강적을 이처럼 손쉽게 무너트리게 되었으니까."

그러며 턱 끝으로 주머니를 가리켰다.

"주워라, 해봉마연(解封魔煙)을."

천금혜안의 입이 찢어질 듯 벌어졌다.

해봉마연을 알고 있다니!

"어, 어떻게?"

주머니 안에 들어있는 물건의 정체이자 이름이 바로 해봉마연이라는 것이었다.

봉인된 멸양포를 강제로 해체할 수 있도록 만들어진 물건으로, 그 이름은 분명 천금혜안 자신이 지었다.

해봉마연이라는 이름은 오직 그 만이 알고 그 만이 부르는 명칭이라는 거다.

그러니 혹시 해봉마연의 용도는 알 수 있더라도 이름까지는 알 수 없어야 하지 않은가!

남장후가 그의 마음을 짐작한다는 듯 말했다.

"네가 나를 보듯 나 역시 너를 보았다고 하지 않느냐. 어쩌면 나는 너보다 너를 잘 알 것이야."

천금혜안이 몸을 부들부들 떨었다.

이런 기분 처음이었다.

만약 수라천마 장후의 말이 사실이라면 철저하게 당한 것이다.

뒤에서 숨어서 누군가를 조종하고 농락할 수는 있어도 그 반대의 경우에 처한다는 건 생각도 해본 적이 없었다.

화가 난다.

하지만 그보다는 서글펐다.

몸이 축 늘어질 정도로 힘이 빠졌다.

"네게 주는 마지막 기회이다. 멸양포라면 나를 죽일 수 있다고 믿고 있었지 않느냐? 포기할 셈이냐? 마지막 기회를 놓칠 셈이냐?"

천금혜안은 남장후의 얼굴을 살폈다.

"왜요?"

왜 멸양포의 봉인을 해체할 기회를 주느냐는 질문이었다.

멸양포는 엄청나다.

시천마조차 죽일 수 있다고 자신하는 병기였다.

그럼에도 멸양포를 봉인하고 대신 집마이식이라는 병기에 매진했던 것은, 함부로 사용했다가는 세상 전체를 궤멸시킬 수도 있다는 우려 때문이었다.

멸양포는 그 정도로 위험한 병기이다.

그런데 멸양포의 봉인을 해제할 수 있는 기회를 준다?

대체 왜?

남장후가 말했다.

"네가 나를 그리 오래 지켜보았으면서도 몰랐던 건, 나도 나를 잘 모르기 때문이야."

그러며 하늘로 고개를 돌린다.

"이제 좀 제대로 알 때가 온 것 같구나. 이후의 전쟁을 위해서라도."

이후의 전쟁?

우습다.

멸양포를 개방하면 이후는 없다.

천마도 안에 존재하는 모든 생명체는 사라질 것이다.

아니, 그 정도가 아니다.

이 불모의 섬으로 이루어진 지역, 무안군도 전역이 그리 될 것이다.

하지만 멸양포의 여파가 무안군도를 건너 대륙까지 넘어올 수는 없겠지. 그렇기에 천금혜안은 이 천마도를 오랜 꿈의 종착지로 결정할 수 있었던 것이다.

마지막 기회.

놓칠 수는 없다.

천금혜안은 천천히 몸을 숙였다. 그리고 발밑에 떨어져 있는 주머니를 향해 떨리는 손을 뻗었다.

하지만 두 눈은 남장후에게서 떨어지지 않았다.

잠시라도 눈을 떼었다간, 수라천마 장후가 바로 자신의 결정을 번복하고 자신의 머리통을 날려버릴 것만 같아서였다.

그러한 공포와 마지막 기회를 낚아채야 한다는 갈망이 어우러져, 천금혜안의 전신에서는 구슬처럼 굵은 땀방울이 마구 솟구쳐 올랐고, 잠시 만에 온몸이 흠뻑 젖었다.

시간이 느리게 흐르는 것만 같았다.

아니, 시간이 아예 멈춘 것만 같았다.

하지만 답답할 정도로 느리더라도 천금혜안의 손은 계속 주머니를 향해 나아갔고, 결국 해봉마연이 들린 주머니를 움켜쥘 수 있었다.

"얼마나 더 기다려 주랴?"

남장후가 짜증을 담아 던진 말에 천금혜안은 바로 주머니를 열고 그 안에 담겨 있던 녹색 구슬을 움켜쥐었다.

그리고 닥치는 대로 내공을 휘돌려 녹색의 구슬 안으로 퍼부었다.

너무 급히 내공을 휘돌린 탓에 천금혜안의 내장은 손상되었고, 그로인해 그의 입에는 선홍색 핏물이 흘러내렸다.

하지만 천금혜안은 즐겁다며 미소를 지었다.

그 미소는 입술을 적신 핏물과 어울려 섬뜩하고 사이하게만 느껴졌다.

"이제 끝이야."

위이이이이이이잉.

녹색의 구슬이 연녹색 연기를 마구 뿜어낸다.

연녹색 연기는 순식간에 퍼져 나가 천금혜안의 등 뒤에 도열해 있는 천금종인의 무인들을 휘감았다.

지금까지 지켜만 보고 있건 천금종인은 구슬이 뿜어낸

연녹색 연기를 경계했지만, 천금혜안이 자신들을 어찌하지 않는다는 믿음이 있었기에 걱정하지는 않았다.

역시나 연녹색 연기는 들이켜 마셔도 내부에 아무런 이상을 주지 않았다.

헌데 그때였다.

"으윽, 으으으윽."

천금종인의 무인들 중 이십여 명 정도가 갑자기 신음을 흘리며 주저앉았다.

의복 너머로 드러난 그들의 피부가 그들을 휘감은 연녹색 연기와 같은 빛깔로 변해가고 있었다.

어느 순간 그들은 그들을 둘러싼 연기보다 더욱 짙은 녹색으로 변했고, 더불어 고통어린 신음을 멈추었다.

대체 뭐가 어찌 된 일일까?

그들 중 한 명의 옆에 서 있던 무인이 걱정스러운 얼굴로 손을 뻗었다.

"이보게. 괜찮은가?"

그 순간 녹색으로 물든 사내의 몸이 가루가 되어 흩어지기 시작했다.

그를 시작으로 녹색으로 변한 무인들이 일제히 가루가 되었고, 그들이 만들어낸 가루는 이리저리 떠돌며 공중에서 하나로 뭉쳤다.

그 모양새가 마치 사슴처럼 보였다.

멸양녹신(滅陽鹿神)!

감옥이자 숙주인 멸양포에 의해 조각조각 찢긴 채 잠들어 있던 최강의 병기!

멸양녹신은 하늘을 향해 울부짖었다.

깨어난 것이 즐거워서일까?

아니면, 찢기고 갈라진 채 봉인되었던 세월이 원망스러워서일까?

모른다.

지켜보는 이들이 알 수 있는 건 오직 한 가지, 이 녹색의 사슴은 지독히 위험한 존재라는 것뿐이었다.

울부짖던 녹색의 사슴, 멸양녹신은 공중에서 내려와 천금종인들의 대열 사이로 내려왔다.

천금종인들은 놀라 서둘러 피하려 했지만 이미 늦어버려, 멸양녹신은 이미 그들의 몸에 네 다리를 내려놓았다.

그런데 괴이하게도 죽은 이는 없었다.

멸양녹신의 다리는 천금종인의 무인들을 짓눌러 깔아버리는 대신, 그대로 겹쳐져 있었다.

실체가 없다?

이 거대한 녹색의 사슴은 그저 환영이라는 건가?

그때였다.

"뭐, 뭐야! 으아아아악!"

"으, 으아아아악! 몸이, 몸이!"

멸양녹신에 겹쳐져 있는 무인들이 몸이 가루가 되어 흩어지고 있었다.

그 모습을 보는 천금혜안은 기쁜 얼굴로 외쳤다.

"크하하하하하하핫! 생성되었구나!"

멸양녹신은 실체가 없는 것이 아니라, 수천억 마리나 되는 벌레의 군집체였다.

그 벌레는 절대고수의 눈으로도 볼 수가 없을 정도로 작다.

하지만 절대고수조차 위협을 느낄 만큼 위험하다.

이 벌레는 본능적으로 생명을 먹어치운다.

보이지 않으니 막을 수도 없고, 피할 수도 없다.

하기에 천금종인의 선대들은 이 벌레를 발견했을 때, 이 벌레를 이용한다면 시천마를 제거할 수 있다는 희망에 부풀었다.

하지만 조종한다는 것.

그 자체가 가능하지 않았다.

다행히도 오랜 연구 끝에 멸양녹신이라는 통합의지를 부여함으로써 움직임을 제한하는 정도의 제어는 할 수 있었지만, 그 마저도 시한의 한계가 있었다.

만약 시한을 넘긴다면, 멸양녹신은 대륙에 존재하는 모든 생명을 먹어치우고서야 멈출 것이다.

아니, 사라질 것이었다.

먹잇감이 남지 않았다는 이유로 서로를 잡아먹은 후에 소멸하겠지.

때문에 멸양녹신은 버릴 수는 없고, 그렇다고 사용할 수도 없는 애물단지가 되어버린 것이다.

하지만 이곳 천마도라면, 무안군도라면 상관없다.

무안군도는 바다로 막힌 불모의 땅.

그러니 멸양녹신은 이 안에 존재하는 모든 생명만을 먹어치우고는 자연히 소멸하고 말 것이다.

오직 한 명만을 제외하고는.

'바로 나.'

천금혜안은 마음속으로 그렇게 부르짖었다.

그가 손에 쥐고 있는 구슬, 해봉마연은 멸양포 안에 갇힌 멸양녹신을 개방하는 용도 뿐 아니라, 멸양녹신이 침범치 못하게 하는 공능을 가지고 있었다.

그러니 해봉마연만 쥐고 있다면 살아남을 수 있다.

그 사실은 수라천마 장후가 모를까?

'안심할 수는 없지!'

천금혜안은 멸양녹신을 향해 몸을 날렸다.

멸양녹신에 의해 먼지가 되어가는 천금종인의 무인들을 지나쳐 계속 나아가, 멸양녹신 안에 뛰어든다.

살아남은 천금종인들이 애절한 목소리로 외쳤다.

"혜안어른!"

"백부님!"

천금혜안이 자신들이 피할 시간을 벌기위해 멸양녹신을 막으려고 뛰어는 것이라고 착각한 모양이었다.

천금혜안은 먼지가 되어 사라지지 않고, 멸양녹신의 몸통 속에 떠있었다.

해금마연을 두 손으로 쥔 그 모습이 사뭇 편안해 보였다.

천금종인들은 천금혜안이 갑자기 나타난 이 녹색의 괴물 멸양녹신을 물리친 것이라고 착각하고 기쁨의 함성을 터트렸다.

하지만 그들을 내려 보는 천금혜안의 눈빛은 음험하기만 했다.

"버러지들. 사라져라."

그러자 멸양녹신이 분주히 천금종인들 사이를 질주했다.

멈췄던 비명과 고함이 다시 튀어나온다.

"으아아아아아악!"

"백부님! 백부님!"

"이게 무슨, 으아아아아악!"

잠시 만에 천금종인 중 사분의 삼이 먼지가 되어 흩어져버렸다.

그제야 멸양녹신은 흥미를 잃었다는 듯 멈췄다.

그리고 스윽 고개를 돌려 멀리 떨어져 구경만 하고 있는 남장후를 바라보았다.

남장후가 기다렸다는 듯 말했다.

"더 놀아라. 기다려 줄 터이니."

멸양녹신이 천천히 남장후를 향해 다가갔다.

남장후가 슬쩍 고개를 저었다.

"그러지 마라. 더 놀라니까 그러네."

하지만 멸양녹신은 그를 향한 걸음을 멈추지 않았다.

남장후는 짧은 한숨을 내쉬었다.

"그래, 알았다. 이제 놀만큼 논 모양이구나."

남장후가 입매가 비틀린다.

"이제 죽여주마."

위이이이이이잉.

남장후의 전신에서 푸른빛이 뿜어 나오며 크게 부풀어 가기 시작했다.

†

업(業)은 사람으로 태어났으면 짊어져야 하는 굴레이다.

흔히들 업을 직업, 즉 삶을 영위함에 근간이 되는 입고 먹고 자는 곳을 마련하기 위한 자금을 마련하기 위해 행하는 모든 행위를 뜻하지만, 조금 깊게 파고들면 다르다.

업이란, 살아가는 힘이다.

이 사람이 어찌 살아가는가를 알려주는 단면이며, 어찌 살아가고 어찌 사라질까를 예시하는 증거이기도 하다.

그렇다면 수라천마 장후의 업이란 무엇일까?

살인?

파괴?

복수?

멸망?

그 모두가 맞을 수도 있고, 그 모두가 틀릴 수도 있다.

그가 지금껏 해온 것들은 모두 그런 것뿐이었으니까.

하지만 위수한은 이리 생각했다.

수라천마 장후의 업은 정화(淨化)일지도 모르겠다고.

그는 더러운 것과 싸우기 위해 더욱 더러워졌다.

그는 음흉한 이들을 없애기 위해 더욱 음흉해졌다.

그는 사악한 것들을 뿌리 뽑기 위해, 가장 사악해졌다.

그래, 수라천마 장후는 위수한이 아는 한 가장 더럽고 음흉하며 사악하다.

하지만 그렇기에 세상은 점점 더 맑아질 수 있었다.

그게 수라천마 장후의 공적이었다.

인정해야 한다.

그가 있었기에 세상은 평화를 되찾을 수 있었음을.

또한 다가올 위협에서 안전할 수 있었음을.

하지만 더 이상의 위협이 없다면?

세상에 더럽고 음흉하고 사악한 것이 오직 수라천마 장후만이 남는다면?

그때의 수라천마 장후는 정화가 아닌, 파멸을 업으로 삼으리라.

그러니 없애야 한다.

기필코!

'그것이 나의 업이겠지.'

위수한은 그렇게 생각했다. 그리고 매 순간마다 다짐해 왔었다.

하지만 요즘 수라천마 장후와 자주 어울리며 이런 생각이 들었다.

어쩌면 수라천마 장후 스스로도 알고 있는 건 아닐까?

그렇기에 모든 적을 궤멸시키고 나면 자신의 죽음으로 정화의 완성을 이루려는 건 아닐까?

그리고 또 하나.

'혹시 그렇기 때문에 나를 키운 건 아닐까?'

그럴지도 모른다.

돌이켜보면, 사실 수라천마 장후가 위수한을 키웠다고 할 수 있는 건 그다지 없었다.

집마맹의 시절에 이따금 우연히 만날 때 죽이지 않고 살려주었다는 정도와 툭툭 던져준 조언 몇 마디, 그리고 위수한을 상징하는 무공이 되어버린 절대무공 비천신기를 가르쳐 주었다는 것뿐이었다.

하지만 그것을 근간으로 위수한은 협왕이 될 수 있었다.

만약 수라천마 장후가 위수한에게 바란 것이 지금의 각오라면?

자신의 명줄을 자르는 칼이라는 업을 추구함이라면?

'걱정 마시오! 기필코 잘라 주겠소, 사부!'

그리고 어딘가 처박혀 울겠지.

비통함에 사무쳐 술만 마시며 세상과 당신을, 그리고 나를 원망하겠지.

'하지만 괜찮소. 그것이 사부와 나의 업이니.'

그렇게 생각하며, 위수한은 멀리 보이는 천금종인의 대열과 그들에 마주 서 있는 남장후를 바라보았다.

천금종인의 무인들의 숫자는 수백에 이른다.

뿐만 아니라, 그들 한명 한명이 뿜어내는 기세는 정예 중의 정예임을 느끼게 했다.

하지만 위수한은 어설프게만 느껴졌다.

'물론 내가 저 앞에 서 있다면 목숨을 걸어야 하겠지.'

하지만 저 앞에 서 있는 건 위수한 자신이 아닌, 수라천마 장후였다.

수라천마 장후라면 저 정도는 충분히 감당할 수 있다.

'그렇겠지요?'

위수한은 남장후 쪽으로 눈동자를 돌리며 그렇게 마음으로 물었다.

사실 모른다.

수라천마 장후가 강하다는 건 모두가 안다.

현 세상에서 가장 강하다.

아니, 세상이 생긴 이래 가장 강할 것이다.

하지만 얼마나 강한지, 어느 정도인지는 아무도 모른다.

"어쩌면 본인도 모르지 않을까?"

그렇게 중얼거리며 위수한은 피식 웃었다.

정말 그럴지도 모른다는 생각이 들었기 때문이었다.

수라천마 장후가 누군가를 상대로 전력을 다할 수 있을까?

과거 그가 완성되지 않았을 때라면 모르겠지만, 이제는 그의 전력을 받아낼 상대는 존재하지 않는다.

그건 어떤 기분일까?

"똥을 싸고 시원하지 않은 기분하고 비슷할까?"

위수한이 그렇게 중얼거리자, 바로 옆에서 코웃음소리가 들려왔다.

"훗. 너 답구나."

위수한은 옆으로 고개를 돌렸다.

시선이 닿는 자리, 괴겁마령이 있었다.

위수한이 물었다.

"심심하신가 봅니다?"

괴겁마령이 되물었다.

"너 역시 심심한가 보구나?"

위수한이 크게 고개를 끄덕였다.

"그렇지요. 심심하지요. 이 전쟁, 이제 끝이 보이는데 뭔가 심심합니다."

"심심하면 좋지."

"그렇죠. 심심하면 좋기야 하죠. 덜 죽이고, 안 죽고. 그런데 참 심심하네요. 그래서는 안 되는데 말입니다."

"그래서 안 된다고 여기는 건 너 뿐이다. 그러니 너인 기지."

위수한이 물었다.

"그러니 너인 게 뭡니까?"

괴겁마령은 빙긋 웃음으로 답하고, 천금혜안과 대화를 나누고 있는 남장후 쪽으로 시선을 돌렸다.

"우리가 이리 심심하다면, 형님은 얼마나 심심하겠는가."

위수한이 투덜거리듯 말했다.

"그건 모르지요. 저 양반 속을 누가 압니까."

괴겁마령이 고개를 끄덕였다.

"그래. 형님의 속을 누가 알까. 외로운 분이야."

"많은 사람을 외롭게 만들기도 했지요."

115

천마재생

괴겁마령이 다시 위수한에게로 고개를 틀었다.

위수한이 씩 웃었다.

"제가 틀린 소리를 한 건 아니지 않습니까?"

괴겁마령이 살짝 고개를 끄덕였다.

"그렇지. 틀린 소리는 아니야. 옳다. 하지만 내 앞에서
할 소리는 아니지. 조심하면 좋겠구나. 안 그래도 심심한
데, 네가 그러면 재미난 짓 하나 정도는 하고 싶어지니까."

위수한이 고개를 갸웃거렸다.

"재미난 짓이라. 누가 재밌을까요?"

괴겁마령이 어이가 없다는 듯 고개를 내저었다.

"아주 막 가는 구나?"

"이 정도까지는 가볼만하다 싶은 데요."

"이 정도까지?"

"네. 이 정도까지."

"우리 조용한 곳 좀 갈까?"

"그렇지 않아도 제가 봐둔 곳이 있습니다. 둘이 들어가
서 하나만 나와도 모를 정도로 조용하지요."

"좋구나, 아주 좋아."

그때였다.

콰아아아아아아아앙!

위수한과 괴겁마령은 동시에 고개를 틀었다.

연녹색 연기가 구름처럼 피어올라 천금종인의 무인들을

휘감고 있었다.

하지만 그들의 시선이 향한 건 연기가 아니었다.

천종금인들 속, 괴로운 듯 주저앉아 뒹구는 스무 명 정도의 무인.

"뭐, 뭐야."

그렇게 중얼거리는 위수한의 목소리는 떨렸다.

괴겁마령의 표정 역시 무겁기 그지없었다.

절대고수들의 감각은 범인의 상상을 초월한다.

단지 감각으로 벌어질 일을 예견할 정도이다.

위수한과 괴겁마령은 지금 같은 것을 느꼈다.

죽음!

낯설고도 위험한 그것.

그것이 바로 저 괴로워하는 스무 명 안에서 튀어나오려 하고 있었다.

"막아야……."

위수한은 말을 마치지 못했다.

이미 그것이 흘러나오고 있었기 때문이었다.

괴로워하는 스무 명이 연녹색의 가루가 되어 흩어진다.

연녹색 가루는 하늘로 올라와 하나로 뭉치더니, 사슴의 형태를 이루었다.

그 순간 위수한과 괴겁마령은 심장이 멎을 것 같은 충격을 느꼈다.

저런 게 있다니!

형태 때문이 아니다.

그들은 그들이기에 멸양녹신의 진실한 힘을 알아챌 수 있었다.

저건 죽음 그 자체가 현상화한 것이나 다름없었다.

저건 대항할 수 없다.

막을 수도 없다.

피할 수도 없다.

저건 그런 것이다.

위수한은 허탈한 웃음을 지었다.

"끝장이군."

괴겁마령 역시 비슷한 미소를 지었다.

"그럴지도."

그 사이 멸양녹신은 가장 먼저 천종금인을 제물로 삼아 가루로 만들고 있었다.

시간의 여유가 생겼다고 해서 안도해야 할까?

아니다.

조금 빠르거나 늦거나 정도의 차이일 뿐이다.

저건, 저 죽음의 사슴은 이 천마도 안의 모든 생명을 없애버릴 때까지 멈추지 않을 테니까.

그때였다.

남장후가 새파란 빛을 뿜어내기 시작했다.

하지만 위수한은 이미 늦었다는 생각이 들었다.

아무리 수라천마 장후라고 해도, 저 녹색의 사슴을 어찌할 수는 없을 것이라고 여겼기 때문이었다.

수라천마 장후는 인간의 형태를 한 재앙이라고 불린다.

하지만 그건 수라천마 장후라는 사람이 벌였던 행적을 상징하는 말일 뿐이다.

반면 저 녹색의 사슴은 진짜 재앙이었다.

천재지변과 같은 것이었다.

그러니 아무리 수라천마 장후라고 해도 저 녹색의 사슴을…….

"뭐, 뭐야?"

위수한의 눈이 찢어질 듯 벌어졌다.

수라천마가 뿜어내는 새파란 빛이 점점 더 밝아져 가더니, 이내 새하얗게 변했다.

그 빛살은 위수한 자신이 비천신기의 극성지경인 비천익신을 구사할 때와 너무도 닮아 있었다.

'아니지. 닮은 건 수라천마 장후가 아니라 나겠지.'

비천신기를 완성한 건 위수한이지만 창안한 사람은 수라천마 장후이니까.

기운의 빛깔은 그 사람의 성향과 맞닿아있다.

그렇기에 마도를 추구하는 이들의 기운은 대부분 검고,

정파무림인의 기운은 하얗고, 사파무인의 빛살은 회색에
가깝다.

그런데 지금 수라천마 장후가 뿜어내는 기운 만큼 순수
한 색을 구현하는 이는 정파무림인 중에 아무도 없었다.

위수한이 겪은 바로는 그랬다.

수라천마 장후 안에 저토록 아름다운 순백의 빛을 담고
있었던 것이다.

저 빛에서 느껴지는 압도적인 힘을 떠나서, 그 사실 자
체만으로 그저 놀랍고 당황스러웠다.

마치 지금까지 몰랐던 수라천마 장후의 속내를 엿본 것
만 같았다.

남장후가 뿜어내는 새하얀 빛이 점점 더 부풀어간다.

높이 솟구치고, 넓게 퍼졌다.

그건 거의 자그마한 산이라고 할 정도로 거대했다.

그 안에서 다리가 뻗어 나온다.

머리가 튀어 오른다.

여섯 개의 팔을 끄집어낸다.

우오오오오오오오.

그리고 마치 알에서 갓 태어난 생명체처럼 울부짖었다.

하늘이 멀어진다.

땅이 내려앉는다.

존재 하는 모든 게 무릎 꿇었다.

칭송하라!

경배하라!

이곳에 신이 강림하였도다.

여섯 개의 팔을 가진 새하얀 거인을 바라보며, 위수한이 속삭였다.

"이게 진정 당신이오?"

녹색의 사슴따위 이제 보이지도 않았다.

멸양녹신이 죽음이라고?

틀렸다.

아니, 맞았으나 이제는 아니다.

저 새하얀 거인 앞에선 아무 것도 아니다.

새하얀 거인이 모든 것을 정한다.

홀로…….

오직 홀로…….

위수한은 젖은 목소리로 속삭였다.

"왜 그렇게 외롭게 사는 거요."

모르겠다.

보았는데도 알 수가 없다.

이 땅에 강림한 신과 같이 위대하고 고결한 저 거인의 모습이 위수한의 눈에는 애처롭게만 보일 뿐이었다.

†

남장후는 말했다.

아니, 생각했다.

'이것이 바로 나인가?'

그의 말은, 그의 생각은 아무에게도 닿지 않는다.

그저 홀로 떠돌 뿐이었다.

그럴 수밖에 없다.

새하얀 거인의 모습으로 화한 순간, 그는 이 세상의 것
이 아니었다.

분절되고 유리되어 홀로 존재한다.

또 하나의 세상이라 할 수 있었다.

슬픔은 없다.

기쁨도 없다.

그 어떤 감정도 느끼지 못한다.

그저 존재할 뿐이다.

그게 낯설지는 않았다.

그가 보내왔던 삶 그 자체가 그러했으니까.

'이것이 나의 업이로다.'

혼자라는 것.

그게 내게 부여된 운명이었다.

'받아들일 수밖에.'

남장후는 하늘을 향해 속삭인다.

'졌다, 내가.'

그렇게 인정하고 나니 웃음이 날 것 같았다.

아니, 웃음이라는 감정의 표현이 떠올랐다.

기억을 한다는 것 그리고 기억이 많다는 것이 이 세상에 자신을 붙들어 놓는 끈임을 알 수 있었다.

하지만 이제 하나씩 놓을 때이다.

새하얀 거인의 시선이 녹색의 사슴, 멸양녹신으로 향한다.

남장후는 멸양녹신이 자신을 두려워하는 것을 느낄 수 있었다.

남장후는 그 모습에서 부럽다는 감정을 기억해낼 수 있었다.

저 어설프고, 과격하며 적당한 것이라니.

아름답다는 감정의 기억이 떠오른다.

귀엽다는 감정의 기억이 떠오른다.

하지만 필요 없는 것이다.

있어서는 안 될 것이다.

남장후는 그런 기억을 애써 떠올렸다.

그래야 나라는 세상이 저 어설픈 것을 끊고, 자르고, 부술 테니까.

그제야 남장후는 자신의 여섯 개의 팔이 멸양녹신을 향해 움직이고 있음을 느꼈다.

123

감싸 안으리라.

보듬어 주리라.

저 어설픈 것을 위로해주리라.

죽음으로써…….

그 순간 멸양녹신이 남장후를 향해 몸을 날렸다.

콰아아아아아아앙!

녹색과 하얀 색의 빛이 교차하며 하늘과 땅을 물들인다.

그렇게 신이라고 불러야 마땅한 두 존재가 어우러지기 시작했다.

第百二十五章.

우연이 아니야

第百二十五章.

우연이 아니야

멸양녹신에 갇혀 있는, 아니 숨어 있는 천금혜안은 자신
의 눈을 믿을 수가 없었다.

저 순백의 거인은 실재하는 걸까?

그렇다면 저건 대체 뭐라고 해야 할까?

저 고결함을 어떻게 불러야 할까?

저 위대함을 어찌 말해야 할까?

'신(神)?'

그렇다.

떠오르는 건 그 한 마디 뿐이었다.

그 외에 어떤 말로도 저 경이로운 존재를 설명할 수가
없었다.

왜 저 신이라고 부를 수밖에 없는 존재가 이 순간 이 자리에 나타난 것일까?

오랜 꿈의 완성을 앞둔 지금에 왜 저런 것이 나타나 막아서는 걸까?

'아니야. 멸양녹신이라면 가능해!'

천금혜안은 그렇게 마음으로 부르짖으며 자신을 휘감은 연녹색 빛들을 둘러보았다.

눈에 보이지 않는 이 무서운 죽음의 벌레들이라면 저 새하얀 거인을 한 점 남기지 않고 모조리 뜯어먹어 버리리라.

그래.

저 새하얀 거인이 신이라고 한다면 멸양녹신은 신을 죽이는 짐승, 살신수(殺神獸)이다!

그의 마음을 엿보고 힘을 얻었는지, 멸양녹신은 거인을 향해 달려들었다.

그러자 연녹색의 빛이 쏟아져 온 세상을 물들였다.

동시에 거인이 여섯 개의 팔을 마주 뻗었다.

거인의 팔이 뿜어내는 새하얀 빛이 연녹색 빛살을 헤집고 가르며 넓게 퍼져간다.

쏴아아아아아아아아아아아아아!

멸양녹신과 거인의 격돌하며 터져 나오는 소리는 신비롭고도 아름다웠다.

그렇기에 마치 음악만 같았다.

하지만 그 어떤 악기나 그 어떤 악사라고 하여도 이 소리를 자아낼 수는 없으리라.

오직 이 순간, 이 두 존재의 격돌만이 만들어낼 수 있는 소리일 테니까.

그러니 이 음악은 이 순간 외에는 들을 수 없으리라.

그러니 이 음악이 즐기고 싶다면, 이 싸움이 계속 되기를 바라야 하리라.

하지만 그러기는 어려울 듯 했다.

새하얀 거인의 여섯 개의 팔이 멸양녹신을 붙잡고 거칠게 잡아당기고 있었다.

그러자 멸양녹신은 몸부림치며 고통스러운 비명을 질러댔다.

멸양녹신 안에 숨어 있는 천금혜안으로써는 이해할 수가 없었다.

사슴의 형태는 눈으로 보이지도 않는 작은 벌레들을 응집하기 위한 임시적인 구조일 뿐이었다.

그러니 굳이 형태를 유지할 필요는 없었다.

그리고 찢기고 갈라진다고 해도 상관이 없었다.

군집체일 뿐이니, 흩어지면 그만이니까.

그러니 고통스러울 리도 없었다.

그런데 대체 왜 일까?

천마재생

거인이 뿜어내는 새하얀 빛 때문인 듯싶다.

저건 선천지기가 분명하다.

하늘이 생명에게 부여한 고유의 힘이며, 혼백을 육신에 묶어두는 끈.

저토록 엄청난 선천지기를 가질 수 있다는 게, 그리고 선천지기가 형태화하여 거인의 형태를 이루고 있다는 게 놀랍다.

하지만 거인이 선천지기로 이루어졌다면 멸양녹신의 상대가 될 수는 없어야 했다.

멸양녹신은 선천지기를 먹이로 하기 때문이었다.

그렇기에 멸양녹신은 세상만물 중에서 오직 생명체만을 쫓아 소멸시키는 것이었다.

그런데 어째서?

천금혜안은 시력을 높여서 거인의 여섯 개의 팔과 멸양녹신이 닿아있는 부분을 가만히 살펴보았다.

제대로 볼 수는 없지만, 거인이 뿜어내는 순백의 빛이 안개처럼 흩어지고 있음을 확인할 수 있었다.

그랬다.

역시나 거인이 뿜어내는 새하얀 빛은 선천지기였고, 멸양녹신은 그 빛을 먹어치우고 있었다.

그리고 깨달았다.

멸양녹신이 어째서 괴로워하고 있는 것인지를.

"아! 이런 말도 안 되는!"

생명이 겪을 수 있는 수많은 고통 중의 하나.

포만감이다.

굶주림은 고통스럽지만, 포만감 역시 그만큼 고통스럽다.

멸양녹신은 너무도 배가 불러 고통스러워하는 것이었다.

거인이 뿜어내는 선천지기의 양이 너무도 많아 더는 먹을 수 없는 것이었다.

그러니 외쳐대고 있는 것이다.

더는 먹을 수 없다고.

너무나 힘들다고.

그만 주라고.

목이 마르다고 강물을 마시겠다고 몸을 던졌다가, 휩쓸려 버린 것이나 다름없다.

'이게 말이 돼?'

멸양녹신은 온 세상의 생명을 다 먹어치우고도 남을 괴물이었다.

그렇기에 천종금인은 지금껏 멸양녹신을 봉인해왔던 것이다.

그런데 배가 불러 힘겨워 한다고?

드드드드드드드득.

새하얀 거인의 여섯 개의 팔에 의해 멸양녹신이 뜯겨 나가고 있었다.

뜯겨 나간 부위는 폭죽처럼 터져 나갔다.

여섯 개의 팔이 다시 뻗어와 멸양녹신을 붙들었다.

천금혜안은 이해할 수가 없었다.

대체 왜 멸양녹신은 형체를 풀지 못하는 걸까?

오히려 서로 한 몸처럼 붙어 이렇게 무력하게 당하고 있는 걸까?

'설마 무서워서?'

포식자의 앞에 놓인 가녀린 먹잇감이 되어 어찌할 바를 모르고 바들바들 떨고 있는 것이다.

그러니 도망치지도 못하는 것이다.

피하겠다며 서로 얼싸안고 뭉쳐서 죽음의 손길이 닥치는 것을 마냥 바라보고만 있는 것이다.

'끝났어.'

멸양녹신은 저 순백의 거인을 이길 수 없다.

아니, 감히 싸울 엄두도 내지 못한다.

그저 약탈당하고, 괴롭혀지다가, 죽어갈 것이다.

그전에 멸양녹신 안에서 벗어나야 한다.

그리고 천마도 밖으로 도망쳐야 한다.

'이렇게 끝날 줄이야.'

그 사이에도 멸양녹신은 거인의 여섯 개의 팔에 의해

뜯기고 찢겨 나가고 있었다.

뜯겨나갈 때마다 튀어나오는 소리는 장엄하며 신비로운 음악같다.

뜯겨나간 멸양녹신의 파편이 터져는 광경은 화려하기가 축포만 같았다.

그렇기에 천금혜안은 눈물이 날듯이 마음이 아팠다.

오랜 꿈이 산산이 무너지는 지금이 이처럼 아름답고 장엄해서는 안 되었다.

차라리 처참하고, 잔인하며, 애절해야만 했다.

'아니. 아직 끝난 게 아니야!'

천금혜안은 그렇게 마음으로 부르짖었다.

살아만 있다면 다시 시작할 수 있다.

더 오랜 세월이 걸릴 것이고, 더 어렵겠지.

하지만 반드시 기회가 찾아올 것이다.

그때를 위해 물러나는 것이다.

지금의 실패를 내일의 성공을 위한 양분으로 삼으면 된다.

천금혜안은 그렇게 다짐하며, 두 손에 쥐고 있는 연녹색 구슬 해봉마연에 내력을 퍼부었다.

그로써 주변을 휘감은 멸양녹신을 밀어내고, 빠져나가려 했다.

위이이이이잉.

해봉마연 속에서 연녹색 연기가 구름처럼 뿜어져 나왔다.

헌데, 멸양녹신이 연기를 피해 물러나지 않았다.

'응?'

내력이 부족해서 일까?

천금혜안은 내력을 증가하였다.

해봉마연이 뿜어내는 연기의 빛깔이 짙어져, 연녹색이 아닌 녹색에 가깝도록 변했다.

그럼에도 멸양녹신은 물러나지 않았다.

천금혜안은 당황할 수밖에 없었다.

'어떻게 된 거지?'

그 사이에도 멸양녹신은 순백의 거인의 팔에 의해 찢겨 나가고 있었다.

그 모습을 보는 순간, 천금혜안은 깨달을 수 있었다.

'아!'

해봉마연이 뿜어내는 연기는 멸양녹신을 괴롭힌다.

하지만 그 정도는 간질이는 것과 흡사하다고나 할까?

그런 탓에 멸양녹신은 해봉마연의 연기를 꺼리고 불편해한다.

하지만, 저 순백의 거인에게 느끼는 감정은 공포이리라.

그리고 순백의 거인이 팔에 닿을 때마다 닥치는 건 죽음의 고통이리라.

그러니 멸양녹신은 공포라는 감정과 죽음의 고통에 휩싸여 해봉마연을 느끼지도 못하는 것이리라.

아니다.

느꼈다.

'이, 이런!'

멸양녹신은 해봉마연이 뿜어낸 연기를 통해 더 물러날 곳이 있음을 깨달은 모양이었다.

물러나지 않고, 반대로 밀려든다.

"아, 안 돼!"

천금혜안은 그렇게 외치며, 해봉마연에 전신의 내력을 모조리 퍼부었다.

그로인해 해봉마연이 뿜어내는 연기의 색은 더욱 짙어졌다.

그럼에도 멸양녹신은 연기를 뚫고, 가르며 안으로 밀려들었다.

바로 천금혜안에게 달라붙는다.

"으아아아아아아아아악! 안 돼애애애애!"

천금혜안은 자신의 몸이 가루가 되어가고 있음에 고통과 절망, 그리고 간절한 애원을 담아 울부짖었다.

하지만 멸양녹신은 계속 밀려들어 그의 팔과 다리를 야금야금 먹어치우고, 몸통으로 기어올랐다.

머리와 몸통만이 남았을 쯤, 새하얀 빛이 천금혜안을

천마재생

향해 쏟아졌다.

천금혜안의 힘없는 눈동자 안에 새하얀, 그리고 거대한 손이 들어왔다.

거대한 손이 다가오자 멸양녹신은 모조리 흩어지며 축포처럼 터져 나갔다.

머리와 몸통만이 남은 천금혜안이 의지할 곳이 없어 뚝 떨어지려는 찰나, 거대한 손이 그를 움켜쥐었다.

살려주려는 걸까?

천금혜안은 눈동자만을 굴려 주변을 둘러보았다.

멸양녹신은 이제 없었다.

모조리 죽어버린 모양이었다.

천금혜안의 눈동자가 돌아와 순백의 거인의 얼굴부분을 향했다.

세 개의 눈동자가 보인다.

그 눈동자가 이렇게 묻는 듯했다.

살려줄까?

라고…….

그런 생각이 드니, 천금혜안은 피식 웃었다.

팔다리를 잃고 몸통만이 남은 이 몸으로 산다고?

살아서 무엇을 할 수 있다고?

그저 사는 것 외에 더 뭘 할 수 있다고?

아니, 그저 살기도 버거울 것이다.

'죽자.'

천금혜안은 물끄러미 거인의 눈동자를 바라보았다.

그리고 자신의 생각을 말하려 했다.

하지만 그의 입술을 비집고 튀어나온 말은 생각과는 달랐다.

"살려 주시오."

그 순간 천금혜안은 깨달았다.

자신이 살고 싶어 한다는 것을.

이런 꼴이 되었음에도 살고 싶다는 것을.

다시 꿈을 꾸지 못한다고 하여도, 이제는 아무 것도 이룰 수 없는 처지가 되었어도, 그래도 살고 싶다는 것을.

천금혜안의 두 눈에 굵은 물방울이 맺혔다.

바로 뚝뚝 떨어진다.

"살려, 주시오. 그저 살려만, 주십시오. 크흐흐흑."

그의 울음은 비굴하지만 순수했다.

살고 싶다는 간절한 마음만이 담겨 있었기 때문이었다.

그래서일까?

거인의 눈에 동정심이 엿보였다.

동시에 천금혜안은 자신의 몸통을 움켜쥔 거인의 손이 슬며시 풀어지고 있음을 느꼈다.

천금혜안은 희망찬 목소리로 외쳤다.

"감사합니다! 감사합니다!"

그 순간 거인이 입매가 비틀린다.

그리고 살짝 풀어졌던 손아귀가 빠르게 좁아들었다.

"헉!"

천금혜안은 짧은 비명을 토했다.

찢어질 듯 벌어진 그의 입에서 핏물이 튀어 오른다.

그 모습이 즐겁다는 듯 거인은 미소를 지었다.

거인의 손이 천금혜안의 머리까지 삼켜 버렸다.

손안에서 기묘한 소리가 흘러나온다.

뚜뚝. 뚜뚝. 뚜뚜뚝.

꽈지지지지직.

잠시 후, 거인의 손에서 흘러나오던 기괴한 소리는 멈췄
고, 그러자 거인은 새하얀 연기를 피어내며 흩어지기 시작
했다.

그렇게 거인은 연기가 되어 사라졌고, 거인이 서 있던
자리에는 남장후가 주먹 쥔 모습으로 남아 있었다.

남장후는 천천히 주먹을 폈다.

그 안에 자그마한 녹색의 구슬 하나가 담겨 있었다.

천금혜안이 쥐고 있던 구슬, 해봉마연이었다.

남장후는 해봉마연을 가만히 내려 보다가 쓸쓸한 목소
리로 속삭였다.

"살고 싶다고 살 수 있으면 얼마나 좋아."

꽈직.

해봉마연의 표면에 금이 가더니 금세 거미줄처럼 되었고, 이내 산산이 부서져 버렸다.

남장후는 손을 꼼지락거려 털어내고는 몸을 돌렸다.

수백을 헤아리던 천금종인의 무인들은 한 사람도 보이지 않았다.

시체조차 남아 있기 않았다.

멸양녹신과 남장후의 싸움에 휘말려 사라져 버린 것이었다.

그럼에도 남장후는 뭔가를 찾겠다는 듯이 한 차례 더 주변을 둘러보았다.

한 명이라도 살아남아있기를 바라기라도 하는 듯하다.

하지만 아무것도 없다.

있을 리가 없었다.

남장후는 결국 어쩔 수 없다는 듯 고개를 숙이며 힘없는 목소리로 속삭였다.

"이게 나로군."

아무것도 남지 않은 자리에 홀로 서 있는 자신이 익숙하면서도 낯설다.

남장후는 한 숨을 내쉬었다.

그리고 힘차게 고개를 들어 올리고 걸음을 옮겼다.

그리고 멀리 위수한과 괴겁마령이 숨어 있는 곳을 향해 외쳤다.

"자. 이제 정리를 하자. 다음 전쟁을 시작해야지."

그의 외침에는 들뜬 흥분과 자학 같은 슬픔이 뒤섞여 있었다.

그렇게 남장후는 전쟁이 아닌 삶을 모르는 자신을 즐기고 저주하며, 계속 걸어갔다.

앞에 닥칠 전쟁과 그 끝에 마련해둔 죽음을 향해······.

†

녹색의 사슴과 순백의 거인과의 대결을 보지 못한 사람은 천마도 안에 아무도 없었다.

그 격돌의 광경은 마치 언젠가 누군가 지어낸 신화만 같았다.

마치 어린 아이의 꿈처럼 경이롭고도 아름다웠다고 해야 할까?

하지만 무섭기도 했다.

저런 것들은 아이의 꿈처럼 깨어지고 부서졌다가 다시 만들어지기를 반복하는 요란한 세상 속에서나 존재하여야만 하니까.

우리가 두 발로 디디고 서서 살아가는 온화한 세상 속에서는 있어서는 안 될 것들이기에.

대결은 그리 오래 걸리지 않았고, 꿈에서나 나올 법한

두 괴물 중 녹색의 사슴은 순백의 거인에 의해 산산조각이
나며 사라졌다.

아쉽고 안타깝지만, 다행이었다.

하지만 순백의 거인이 남아있었다.

그럼 저 순백의 거인은 언제쯤 어떻게 사라질까?

누가 저 괴물을 없앨 수가 있을까?

어린 아이의 꿈처럼 아침햇살이 닿으면 사라져 바로 잊
히지는 않겠지.

다시 나타날 때를 기약하며 흩어지는 순백의 거인을 바
라보는 이들은 모두가 그렇게 생각했다.

저것은 아름답고 서글프지만, 없어져야만 하는 것이라
고……

†

어둠 속, 일곱 명이 일렬로 서 있다.

사대마령과 신검, 철리패, 그리고 위수한이었다.

고작 일곱이지만, 수천 명의 군중이 모여 있는 것만 같
은 무게감을 준다.

마치 땅이 그들이 서 있는 자리로 기울어 있는 것만 같
은 착각이 들 정도였다.

그런 그들을 등 뒤로 둔 채 서 있는 사내가 있다.

누굴까?

뻔했다.

감히 그들 일곱 명을 등 뒤에 일렬로 세워둘 수 있는 사람은 단 한 명밖에 없으니까.

수라천마 장후, 아니, 남장후 바로 그였다.

남장후는 무슨 생각을 하고 있는지 눈동자를 이리저리 굴리다가 어느 순간 빙긋 웃더니 속삭이듯 말했다.

"생각해 봤는데, 난 너무 착한 것 같아."

그러자 나머지 사람들은 눈살을 찌푸리고 입매를 씰룩거렸다.

사람이란 대부분 자신에 대해 잘 모른다.

스스로 생각하는 자신의 모습과 남들이 바라보는 모습 사이에는 상당한 괴리가 있다.

그 둘 중 무엇이 자신의 진정한 모습이냐고 따진다면, 둘 모두 일 수도 있고 둘 다 아닐 수도 있다고 하겠지.

하지만 아무리 그렇다고 하여도 이건 아니지.

착하다고?

수라천마 장후가?

"안 그래?"

남장후가 동의를 구하는 묻는 말에 모두는 얼굴을 더욱 일그러뜨릴 뿐이었다.

한 사람만을 제외하고는 말이다.

"그렇습니다, 형님."

모두가 고개를 틀었다.

괴겁마령이었다.

오직 그만이 진지한 얼굴로 고개를 끄덕이고 있었다.

충복이다, 충복이야.

남장후가 말했다.

"하지만 사람이 너무 착하기만 하면 안 돼. 그렇겠지?"

틀린 말은 아니다.

하지만 전제가 잘못되었다.

이 순간 그 누구라도 나서서 외쳐야만 했다.

당신은 너무 착하지 않소!

아니지.

아예 착하지가 않아!

그때였다.

괴겁마령이 말했다.

"그렇습니다, 형님."

이제 보니 충복이 아니다.

간신이네.

남장후가 앞쪽으로 고개를 돌리며 말했다.

"그래서 말인데, 네게 기회를 줄까 해."

남장후의 시선이 닿은 어둠 속, 갑자기 웃음소리가 흘러
나왔다.

천마재생

"흐흐흐흐흐흐흐흣."

웃음이 아니라 신음 같기도 했다.

아니, 어찌 들으면 울음 같기도 했다.

남장후의 시선이 닿아 있는 어둠이 조금 옅어지더니, 그곳에 무릎을 꿇려 있는 백발의 노인이 모습을 드러냈다.

웃음인지, 신음인지, 울음인지 구분하기 어려운 기묘한 소리를 흘리고 있는 사람이 바로 백발노인이었다.

봉두산발로 흐트러진 새하얀 머리카락에 얼굴이 가려져 노인의 용모를 알아볼 수 없었다.

하지만 이 자리에 있는 이들이라면 그 누구라도 백발노인의 정체를 알고 있었다.

천금종인의 실질적인 수장이라고 할 수 있는 천금대종!

그가 흘리는 소리는 점점 낮고 작아지더니, 어느 순간 멈췄다.

천금대종이 숙였던 고개를 휙 들어올린다.

머리카락 사이로 그의 두 눈동자가 모습을 드러냈다.

마치 불똥을 뿜어낼 것처럼 뜨겁고 강렬하다.

"기회라고 했소?"

남장후는 가볍게 고개를 끄덕였다.

"그래. 기회."

"대체 무슨 기회를 말씀하시는 거요? 아, 고통 없이 죽을 수 있는 기회?"

남장후가 가볍게 고개를 저었다.

"아니."

"아! 그럼 살 기회? 허허허허허허허허허허헛."

갑자기 웃음을 뚝 멈추더니, 이를 빠드득 갈아댄다.

"이보시오, 수라천마! 난 모든 것을 잃었소. 바로 당신
의 손에 모든 것을 잃고 말았소. 그런 내가 살고자 할 것
같소? 아니면 죽고자 할 것 같소? 내게 산다는 건, 지금 이
순간 이렇게 숨을 쉰다는 것이 죽음보다 견디기 힘든 고통
이라오. 조롱할 것이면 조롱하시오. 고문하려면 고문하시
오. 하지만 내게 그딴 잡소리로 나를 유혹하려 하지는 마
시오. 내게는 이제 남은 게 아무것도 없소. 당신이 굳이 그
런 헛소리로 나를 농락할 필요가 없다는 거요."

남장후가 빙긋 웃었다.

"널 살리지도 그렇다고 죽이지도 않는다. 난 그저 네게
기회를 준다고 했을 뿐이야."

"기회? 내게 기회 같은 게 남아 있을 것 같소?"

남장후는 고개를 끄덕였다.

"있지."

천금대종의 입매가 비틀렸다.

"좋소. 들어나 봅시다. 내게 대체 무슨 기회를 준다는
거요? 당신에게 모든 것을 잃은 내게 대체 무엇이 기회랄
수 있겠소?"

남장후가 걸음을 옮겨 천금대종에게 다가갔다.

천금대종의 앞에 이르자 무릎을 꿇고는, 그와 눈높이를 맞추더니 여인을 유혹하는 듯이 은근하고 부드러운 목소리로 말했다.

"나를 죽일 기회."

천금대종의 눈동자가 파르르 떨렸다.

잠시 후, 천금대종의 입이 벌어졌다.

"어떻게?"

걸려들었다 싶은지 남장후가 비릿한 미소를 머금었다.

"천종쟁패(千宗爭覇)."

그 순간 천금대종의 눈이 찢어질 듯 커졌다.

"어떻게 천종쟁패를!"

남장후가 말했다.

"그게 중요한 게 아니잖아? 너희 천종금인을 대신하여 우리가 참전하겠다. 어때? 좋은 기회 아니야? 운이 좋으면 나 뿐 아니라, 시천마까지 죽일 수 있어."

천금대종은 한 겨울에 벌판으로 쫓겨난 새끼 고양이처럼 몸을 바들바들 떨었다.

남장후가 그의 귀에 대고 속삭였다.

"아주 좋은 기회 아닌가?"

천금대종은 침을 꿀꺽 삼켰다.

"생각할 시간을 좀 주시겠소?"

남장후의 눈매가 부드럽게 휘었다. 월척을 낚은 낚시꾼의 표정이었다.

용건을 마쳤다는 듯 벌떡 일어난 남장후는 휙 돌아섰다.

"주지, 생각할 시간. 많이 고민해봐. 하지만 알지? 넌 이미 결정을 내렸다는 걸."

천금대종은 빠드득 이를 갈았다.

말마따나 이미 자신은 결정을 내렸다는 것을 알고 있기 때문이었다.

생각할 시간이 필요하다는 건 이 순간 내린 결정에 대한 변명꺼리를 찾기 위함에 불과했다.

천금대종은 고개를 푹 숙였다.

'이길 수 없어.'

하지만 천종쟁패의 참가자격을 건넨다면?

'죽일 수는 있을 거야.'

그 유혹을 외면할 수가 없었다.

그 사이 남장후는 걸음을 옮겨 괴겁마령들을 향해 돌아왔다.

자신들의 곁으로 돌아온 남장후를 향해 괴겁마령이 모두를 대표하여 물었다.

"천종쟁패가 뭡니까?"

남장후는 살짝 고개를 돌려 천금대종을 턱 끝으로 가리켰다.

"저 녀석에게 물어봐. 듣고 나면 단단히 준비하고. 이제 부터의 전쟁은 지금까지를 다 합한 것보다 힘겨울 테니 까."

그러며 괴겁마령을 스쳐 걸어갔다.

수라천마 장후는 거짓을 말하지 않는다.

특히 전쟁에 관해서는 그 어느 때보다 진지하고 정확하 다.

그러니 말마따나 지금까지 살아오며 겪은 그 모든 전란 의 나날을 합한 것보다 험난한 전쟁이 앞으로 펼쳐질 것이 리라.

그래서 두려운가?

무서운가?

피하고 싶은가?

아니었다.

일곱 명의 입가에 어린 환한 미소가 그들의 마음을 드러 내고 있었다.

남장후는 그럴 줄 알았다는 듯 피식하고 짧은 웃음을 뱉 은 후, 그들을 스쳐 계속 걸어갔다.

뚜벅, 뚜벅.

짙은 어둠이 그를 반긴다.

앞과 뒤, 왼쪽과 오른 쪽, 하늘과 땅을 구분할 수 없을 정도로 어둡다.

어디로 가야 하는지, 어디로 가고 있는지를 알기 어려울 듯하다.

온 세상이 두려워하는 누군가의 인생처럼 그저 칠흑이다.

하지만 남장후는 계속 걸었다.

그만은 이 어둠을 헤치며 나아갈 방법을 안다는 듯이 그의 걸음은 자연스럽고 여유로웠다.

어느 순간, 남장후의 앞쪽 멀리에서 한줄기 빛이 모습을 드러냈다.

그곳에 이 어둠을 빠져 나갈 출구가 있는 듯했다.

남장후는 당연하다는 듯이 빛을 향해 계속 걸음을 옮겼다.

그러다 갑자기 굳게 다물려 있던 입을 스르르 벌린다.

"가만 보자. 이 꼬리를 어떻게 한다? 잘라야 하나, 다져야 하나."

그러자, 남장후의 옆으로 하얀 빛이 어리더니 사람의 형태로 변했다.

신검이었다.

"자른다고 잘릴 것 같소?"

그의 퉁명스런 반문에 남장후는 피식 웃었다.

"왜 따라 왔느냐? 천종쟁패가 무엇인지 궁금하지 않더냐?"

천마재생

신검이 살짝 고개를 끄덕였다.

"궁금하지요. 궁금하다마다. 다만 지금은 그쪽 보다는 이쪽이 더 궁금하더구려."

"이쪽이 뭔지 알고?"

신검이 뭐라 말하려다 말고, 고개를 저었다.

"모르지요. 다만 짐작은 가는데, 아니길 바랄 뿐이외다."

남장후가 코웃음 치며 앞으로 고개를 돌렸다.

신검은 그의 태도가 동행을 허락한다고 받아들였는지, 어깨를 피며 그와 보폭을 맞춰 걸었다.

그들이 계속 나아가자 전면부에서 스며들던 빛은 점점 커졌고, 커다란 구멍이 되었다.

남장후와 신검은 그 안으로 들어섰다.

스며들던 빛처럼 먼지 한 톨 보이지 않은 새하얀 공간이었다.

안에는 용도를 알 수 없는 괴이한 기물이 이리저리 널려 있었고, 거대한 수정관이 중심부에 위치해 있었다.

반투명한 수정관 속은 물로 채워져 있었는데, 그 안에 알몸의 사내가 한 명 담겨 있었다.

사내의 용모를 확인하는 순간, 신검의 눈매가 날카로워졌다.

입은 다부지게 다물렸고, 오른 손은 허리춤에 달린 검의 손잡이를 낚아챘다.

150 13

당장에 수정관을 깨어 부수고, 그 안에 담겨 있는 알몸의 사내를 잘라버리겠다는 듯했다.

왜 일까?

사내의 용모가 너무나 익숙하기 때문이었다.

신검의 고개가 천천히 옆으로 돌아가 남장후를 향했다.

수정관 속의 사내가 남장후와 용모가 똑같다는 것을 확인이라고 하겠다는 듯이.

"이건 뭐요?"

신검은 그답지 않게 터질 듯이 격렬한 감정을 드러내며 그렇게 물었다.

하지만 남장후는 그의 심정이 어떠한지를 아예 모르는지 담담한 표정과 목소리로 되물었다.

"무엇인 것 같나?"

"이 안에 있는 청년이 당신과 너무 닮았구려. 우연이요?"

"우연일까?"

"우연이라고 해주시오."

"우연이 아니야."

신검은 질끈 눈을 감았다. 그리고 짙고 깊은 한숨을 내쉬었다. 잠시 후 그는 두 눈을 부릅뜨더니, 각오했다는 듯한 표정으로 말했다.

"이거 하나 뿐이요?"

남장후는 고개를 끄덕였다.

신검이 물었다.

"잘라도 되겠습니까?"

남장후가 고개를 저었다.

신검이 말했다.

"자르겠소이다."

그제야 남장후의 입이 벌어졌다.

"죽인다."

"죽이시오. 그래도 자를 터이니."

"안 돼."

"지금 내게 두 명의 수라천마 장후가 생기는 꼴을 두 눈 뜨고 지켜보라는 거요?"

남장후는 고개를 저었다.

"그런 일은 벌어지지 않아. 이건 남장후다. 수라천마 장후가 아니야."

"그게 뭔 소리요?"

그때였다.

그들의 누군가 다가왔다.

"오, 오셨습니까?"

천종금인들의 숙원이자 오랜 꿈이었던 병기 집마이식을 제조하던 원광이었다.

남장후는 그를 돌아보며 물었다.

"얼마나 더 걸리겠느냐?"

"이제 곧 완성됩니다."

남장후가 살짝 눈매를 좁혔다.

"이제 곧이 얼마나 남았다는 거냐?"

원광이 몸을 파르르 떨며 고개를 푹 숙였다.

"이, 이틀 후입니다."

그제야 남장후는 눈매를 풀었다.

"수고하였다."

그러자 원광이 아이처럼 환하게 웃었다.

"별 말씀을요. 헤헤헤헤헤헤헤헤. 그렇게 어렵지는 않았
습니다. 집마이식처럼 병기로써 제조된 것이 아니라, 그저
인체만 연성하였을 뿐인 걸요. 다만 수명을 육십 년으로
늘이는 게 좀 까다로웠을 뿐입니다."

듣던 신검이 눈을 얇게 좁혔다.

병기가 아니라, 그저 인체만 연성했다?

그렇다면 이 수정관 속에 담긴 건 수라천마 장후와 같은
능력을 가지지 못한다는 뜻이 분명했다.

그렇다면 왜 일까?

신검이 조금 전 남장후의 말을 떠올리며 입을 크게 벌렸
다.

"아!"

그러자 그가 지금 짐작한 바가 옳다는 듯이 남장후가

살짝 고개를 끄덕였다.

"그래."

남장후가 서글픈 눈으로 수정관 속에 자신을 꼭 닮은 인체를 바라보며 속삭였다.

"수라천마 장후는 죽어도, 남장후는 살아야지."

†

푸른 하늘 밑, 하늘을 닮은 파란 색의 기와집의 마당에 남부인은 빨랫감을 툭툭 털고 있었다.

힘이 드는지, 굵은 땀방울이 맺혀 볼을 따라 흘러내린다.

남부인은 물에 젖은 손을 들어 이마와 볼을 훔치며 굽혔던 허리를 폈다.

"에고고고고."

그러더니 고개를 들어 먼 하늘을 올려 본다.

그 위에 뭐가 보인다는 듯이 흐뭇한 미소를 그린다.

하늘은 구름 한 점 없이 파랗기만 하지만, 그녀의 눈에만은 보이는 얼굴이 있었다.

"장후야. 언제 오니? 별 일은 없지?"

하늘이 그려낸 아들의 얼굴은 대답이 없다.

그저 그녀와 닮은 웃음을 지어낼 뿐이었다.

남부인의 미소가 짙어졌다.

"보고 싶네, 우리 아들. 어서 오려무나."

그러고 나서 그녀는 다시 몸을 굽혔다.

믿음직하고 착실하기만 한, 이 세상에 오직 하나 뿐인 아들 남장후에게 별 일이 있을 리가 없다는 생각을 하며……

천마재생

NEO ORIENTAL FANTASY STORY

第百二十六章.

다행이구나

第百二十六章.

다행이구나

창리현의 남쪽을 담벼락처럼 막은 백운산은 멀리서 보면 낮고 길며 완만하다.

하지만 실상 가까이 다가가 살피면 산새가 거칠고, 험난하다. 뿐만 아니라 멧돼지와 같은 야생짐승도 상당해서 함부로 안에 들어갈 수가 없다.

특히 겨울은 유독 심하다.

그렇기에 겨울이 되어 눈이 내리면 아무도 백운산 안으로 들어서지 않기에 쌓인 눈은 그대로 하얗게 얼어붙어, 마치 하얀 구름이 땅에 내려앉은 것처럼 보인다.

백운(白雲), 즉 하얀 구름이라는 이름이 붙은 연유도 그 때문이었다.

천마재생

바람이 차갑고 매섭다.

어느새 겹옷이나, 포(袍)를 두르지 않고서는 문 밖으로 나설 수 없는 날씨이다.

겨울이 시작되었음을 알리는 듯하다.

이제 곧 백운산은 이름에 어울리게 내리는 눈에 감싸여 하얀 구름처럼 변하겠지.

백운산 위로 한 줄기 빛살이 떨어져 내린다.

첫 눈일까?

아니다.

그 크기도 상당하거니와, 빛깔도 새파란 것이 유성이 아닌가 싶다.

유성은 백운산 초입에 떨어졌다.

콰아아아아아앙!

굉음과 함께 땅이 움푹 파였다.

유성이 내려앉아 만들어낸 구덩이 속에서 연기 같은 아지랑이가 피어올랐다.

그 사이로 한 청년이 걸어 나온다.

남장후였다.

구덩이에서 나온 남장후는 걸음을 멈추더니 자신의 앞에 펼쳐진 논밭과 그 너머 드문드문 보이는 초가집을 찬찬히 둘러보았다.

변한 게 없었다.

가을이 무르익을 무렵 떠나왔던 때와 똑같았다.

어디에서나 볼 수 있는 시골의 풍경이지만, 남장후의 눈에는 그 어떤 그 어떤 사치스러운 광경보다 아름답고 귀했다.

이 풍경 속에 평생을 지낼 수 있으리라 여겼다.

그랬었다.

하지만 이 풍경 안에 머문다면, 언젠가 이 모든 것이 재로 변하여 사라지고 말겠지.

'내 주변이 언제나 그랬던 것처럼.'

그러니 이렇게 지켜볼 수밖에 없다.

그리고 떠날 수밖에 없다.

잠시 후, 세찬 바람이 일더니 남장후의 앞에 두 명의 사람으로 뭉쳐 내려앉았다.

"주인님을 뵙습니다."

"주인님을 뵙습니다."

백운산 지저에 숨겨져 있는 남장후가 만들어낸 비밀공간 마굴의 수문위들이었다.

남장후는 그들에게 시선을 두지 않고, 말했다.

"별 일 없었느냐?"

두 수문위 중 한 명이 입을 열었다.

"네."

"수라이심진(修羅二心陣)이 완성된 건 언제지?"

천마재생

"이틀 전입니다."

"이틀 전이라……. 그렇다면 바로 가용할 수 있다는 뜻이겠지?"

"외벽진은 벌써 사용중입니다."

남장후는 눈이 살짝 벌어졌다.

그는 바로 눈매를 얇게 좁히며 창리현의 전경을 눈과 마음이 아닌 경험과 날카로운 이성, 그리고 전지전능하다고 일컬어질 정도의 정확한 판단력으로 살펴보았다.

그럼에도 진법의 윤곽이 잘 느껴지지 않았다.

의식하고 있기에 알고 있을 뿐, 몰랐다면 그저 약간 어색하다고 여기며 지나쳤을 것이다.

남장후 자신이 설계에 직접 참여했다고는 하지만, 놀라울 뿐이었다.

그가 이렇듯 알아채기 힘들다면 창리현을 휘감은 절진, 수라이심진의 형태와 배치를 눈치 챌 수 있는 사람은 아무도 없으리라.

'역시 진해림이구나.'

진주해문의 태상문주였던 진해림.

기관진식이라는 분야에서는 고금을 통틀어 따를 자가 없다고 불리는 사람.

그 친구가 아니라면 그 누가 있어 이러한 역사가 가능할까.

만족스럽다.

기대했던 바를 월등히 뛰어넘었다.

"이 정도면 되었어."

남장후가 그렇게 속삭이며, 돌아섰다.

그러자 그가 걸어 나왔던 구덩이 속에서 뭔가가 튀어 나
왔다.

남장후 자신과 똑같은 용모를 가진 청년이었다.

청년은 구덩이 속에서 나오자, 남장후의 곁으로 다가가
더니 옆에 서서 창리현을 가만히 바라보았다.

창리현을 바라보는 사내의 눈빛에는 조금 전의 남장후
처럼 그리움과 흐뭇함이 가득 담겨 있었다.

그 모습이 남장후에게는 씁쓸하지만 안도가 되었다. 그
리고 화가 났다.

당장에 자신을 꼭 닮은, 용모 뿐 아니라 감정과 기억, 생
각까지 흡사한 이 인형을 찢고 빻아서 가루로 만들고 싶을
정도로……

하지만 남장후는 애써 흩어버리고, 속삭이듯 말했다.

"수라이심(修羅二心), 가자."

그러며 먼저 발을 내딛었다.

위이잉.

동시에 어디선가 어둠이 밀려들어 남장후의 얼굴 주변
을 휘감았다.

163

천마
재생

그의 뒤를 남장후를 꼭 닮은 청년, 수라이심이 그림자처럼 뒤따랐다.

아니, 남장후의 얼굴을 가린 어둠 때문인지, 그가 오히려 수라이심의 그림자만 같았다.

슬프게도 말이다.

†

창리현 안으로 들어서자, 익숙한 풍경 외에도 익숙한 얼굴들이 남장후를 맞았다.

"어? 저기 저 청년, 장후 아니야?"

"효악귀? 그러네. 그러고 보니 요즘 통 보이지 않던데."

"여행을 갔다고 들었는데, 이제 돌아온 모양이네."

"그런가 보구만. 어이, 장후. 오랜 만이야!"

"이보게, 여행은 잘 다녀왔는가?"

"그런데 저 앞에 사람은 누구래?"

"모르겠네. 잘 보이지가 않는구만. 자네는 보이는가? 이상하네. 나도 잘 보이지 않는데…… 장후 친구겠지. 어이, 장후 총각. 그래, 별일은 없었고?"

수라이심은 자신을 남장후라고 여기며 인사말을 하는 사람들을 향해 가볍게 고갯짓을 건넸다.

그 모습이 앞서 걷는 남장후에게는 살점을 뜯어내는

듯이 아프고 힘들었다.

차라리 천 명의 적이 휘두르고 날린 병장기에 몸이 꿰이고 잘렸다면 이보다는 나았겠지.

차라리 만 명의 정병이 고함을 치며 달려들었다면, 이보다는 덜 괴로웠겠지.

남장후는 자꾸만 흔들리는 감정을 잠재우려 지난 가을 동안의 행정과 앞으로의 계획을 애써 떠올렸다.

천외비문 지문주의 급습으로 시작되었던 천외비문과의 전쟁은 이제 마무리 되었다.

정확히 말하면, 천외비문의 급습은 예상했던 바였고, 그들을 뒤에서 조작하고 움직인 천종금인을 궤멸시킴으로써 자연 종식되었다.

천외비문의 인문은 잘라내 위수한에게 붙였다.

지문은 없애버렸고, 천문은 스스로 숨다.

천문주라는 자는 천금종인의 존재를 어느 정도 눈치는 채고 있었던 모양이었다.

그렇기에 와병을 핑계로 일선에서 물러나 있었고, 그 때문에 천문의 움직임은 더디고 어색할 수밖에 없었다.

그러다 남장후가 천마도를 급습하여 장악하고 천금종인을 유인하여 몰살시키자, 그 소식을 어디서 어떻게 들었는지 천문주는 자신의 최측근과 천문의 무인 중 정예만을 추려서 바로 사라져 버렸다.

물론 찾으려면 찾을 수 있다.

없애려면 없앨 수도 있다.

그리 오랜 시간이 걸리진 않을 것이다.

또한 그리 많은 노력을 기울이지 않아도 되었다.

그럼에도 남장후는 내버려두기로 했다.

천문주라는 녀석이 보내온 한 통의 서찰 때문이었다.

내용은 한 줄 뿐이었다.

〈우리는 세상에 필요합니다.〉

그 한 줄의 글귀가 남장후의 마음을 움직였다.

목숨을 구걸했다면 바로 달려가 목을 잘라냈을 것이다.

천외비문의 사명감과 자신이 품은 대의를 표방했다면, 혀부터 잘라냈을 것이다.

하지만 진솔한 진심이 묻어나오는 한 줄의 글귀에는 천문주라는 사람이 품은 생각을 읽을 수 있었다.

이런 자는 살아도 된다.

아니지.

살려야 한다.

다음 세상은 위수한에게 맡기지만 그의 세상에 위기가 없다고 확신할 수는 없었다.

위수한은 뛰어난 녀석이지만, 그가 그 위기를 무난하게 처리할 수 있으리라고 확신할 수도 없었다.

그러니 숨어버린 천외비문 천문은 위수한이 예상할 수 없는 무기가 되어줄 것이다.

그러한 배치, 나쁘지 않다.

이제 남은 건……

'시천마.'

그 세 글자를 떠올리는 순간 남장후의 표정이 무겁고 진중해졌다.

그는 까다로운 상대였다.

그는 대등한 적수였다.

'어쩌면 이 세상을 유지하는 그 흐름이 나를 다시 태어나게 한 건, 시천마를 없애라는 의도였는지도 모르겠어.'

물론 그럴 리는 없다.

하지만 그런 생각이 들 정도로 시천마는 만만치 않은 적수이다.

그와의 싸움은 지금까지와 다를 수밖에 없다.

전심전력으로 부딪쳐야 한다.

잔수는 통하지 않는다.

어설픈 음계와 모략은 오히려 패배의 지름길이다.

정면으로 부딪쳐야 한다.

아주 위험하지만 즐거운 전쟁이 되리라.

'천종쟁패?'

천마재생

웃음이 난다.

그런 미친 짓을 벌이며 살고 있다니.

하기야 무려 천년을 살아왔으니, 미칠 수밖에 없겠지.

'나라고 다르지 않았을 거야.'

그러니 없어져야 한다.

아니, 없애야 한다.

'시천마도, 나도.'

그런 생각을 하는 동안에도 남장후와 수라이심은 계속 걸음을 옮겼고, 그들은 결국 집 앞에 이르고 말았다.

그 순간, 남장후의 머릿속에 가득하던 계획은 모조리 흩어져 버렸다.

이토록 따뜻한 곳이 있을까?

이토록 아름다운 것이 또 있을까?

남장후는 대문의 문고리를 향해 손을 뻗었다.

수천, 수만의 적이 앞에 놓인다고 해도 코웃음을 쳤던 그가 그 문고리 하나를 잡는 게 그토록 어렵고 무섭다는 듯이 손을 부들부들 떨고 있었다.

결국 문고리를 잡고 앞으로 당기자, 문은 삐그덕 하는 소리를 내며 열렸다.

작은 마당이 보인다.

이 좁고 작은 마당이 이 세상보다 넓은 듯했다.

이 곳에서 했던 일이 대문 바깥, 이 세상보다 더 많고 즐거웠기 때문일까?

남장후는 이끌리듯 대문 안으로 걸음을 옮겼다.

역시나 어머니는 보이지 않았다.

시전에 나갔을 시간에 맞춰 왔기 때문이지만, 그렇기에 더욱 가슴이 쓰라렸다.

명화(名畵)를 관람하듯 주변을 찬찬히 살피며 가슴에 새기던 남장후는 어느 순간 단호히 몸을 돌렸다.

그의 앞, 자신과 똑같은 용모를 한 수라이심이 서 있었다.

남장후는 그를 죽일 듯이 노려보며 입을 열었다.

"넌 이제부터 남장후로서 산다."

수라이심이 고개를 끄덕였다.

"네. 알겠습니다."

"넌 남장후로서 살다가 죽는다. 그 외에 어떤 것도 허락하지 않아."

"네, 알겠습니다."

"혼인을 해라. 아이를 낳아라. 너를 꼭 닮은 아이가 성장하여 혼인을 하고 아이를 낳는 것을 보아라. 그러도록 지켜라."

"네, 알겠습니다."

남장후의 미간에 푸른빛이 어렸다. 그가 분노했을 때 벌어지는 현상이었다.

천마재생

자신의 명령을 따르는 이 인형이 미웠다.

왜 내가 그리 살아야 하냐고 반항했으면 얼마나 좋을까.

그렇다면 당장에 이 인형을 부숴버릴 수 있을 텐데.

아니지.

굳이 이유 따위가 필요할까?

누가 알겠어?

이 인형을 부숴버리는 거다.

그리고 미완성이라며 말하면 된다.

다시 제조할 때까지 시간을 벌 수 있다.

최소 반 년, 길면 일 년의 시간을 벌 수 있을 것이다.

그렇다면 무려 일 년이나 더 이 집에서 어머니를 모시며 머물 수 있는 것이다.

남장후가 천천히 수라이심을 향해 손을 뻗었다.

수라이심은 순간 움찔했지만, 다가오는 남장후의 손을 가만히 바라만 볼 뿐이었다.

남장후의 손이 수라이심의 머리에 닿았다.

바로 움켜쥐듯 손가락을 오므린다.

위이이이잉.

수라이심의 머리를 붙잡은 남장후의 손에서 푸른빛이 쏟아져 내렸다.

빛살은 점점 더 밝아져 갔고, 수라이심은 결국 빛에 휩싸여 버렸다.

잠시 후 남장후는 손을 돌렸고, 그의 손이 뿜어내던 빛은 씻은 듯 사라져 버렸다.

그 자리에 수라이심은 남아 있었다.

그의 몸은 은은한 푸른빛이 머금고 있는데, 그 빛은 마치 거미줄처럼 이리저리 길게 늘어져 있었다.

남장후가 말했다.

"이로써 수라이심진법의 완성되었다. 수라이심진법의 생문은 너이고, 또한 사문 역시 너이다. 이제 너의 허락 없이는 그 누구도 창리현에 들어설 수 없을 것이고, 너의 허락 없이는 빠져 나갈 수 없을 것이다. 또한 너의 허락 없이는 살 수도 죽을 수도 없을 것이다. 그 힘이라면 충분히 나의 명을 완수할 수 있을 것이야."

수라이심은 고개를 숙였다.

"네, 알겠습니다."

남장후는 몸을 돌려 한 번 더 주변을 눈에 담았다.

보고 또 보아도, 또 보고 싶다.

죽는 그 순간까지 그리울 거다.

지금 이 순간을 후회하게 될 것이다.

안다.

다 안다.

하지만 이래야만 한다.

이제 떠나야 할 때이다.

남장후는 이를 악 물고 발길을 내딛었다.

대문을 지나친다.

남장후가 어린 시절, 수없이 걸어온 소로를 따라 걸어간다.

한 걸음, 한 걸음.

아프고 힘겹지만, 나아갈 수밖에 없다.

그때였다.

멀리서 다가오는 사람의 모습이 보였다.

그 순간 남장후의 눈동자가 파르르 떨렸다.

"어머니……."

아직 돌아올 시간이 아닌데 어째서?

어머니는 빠르게 가까워지고 있었다.

환하게 웃으며 달려오고 있었다.

아마도 지나가다가 자신이 돌아왔음을 들었던 모양인 듯했다.

걸어오시지.

저러다 넘어지면 어쩌시려고.

아니나 다를까 휘청한다.

그 순간 남장후 역시 휘청했다.

하지만 남부인은 쓰러지지 않고 그대로 몸을 바로 세워 다시 빠르게 달려왔다.

잠시 사이 남부인은 남장후의 근처에 이르렀고, 남장후는 급히 고개를 숙여 얼굴을 가렸다.

남부인은 남장후의 근처에 이르자 보폭을 좁히고 속도를 줄였다.

그러더니 눈매를 얇게 좁히며 속삭인다.

"장후……니?"

그 순간 남장후는 고개를 들었다. 그의 용모가 바뀌어 있었다.

눈매가 날카롭고 턱선이 예리한 이십대 후반 정도로 보이는 잘생긴 청년의 모습이었다.

낯선 청년의 얼굴을 한 남장후가 말했다.

"절 아십니까?"

남부인이 눈을 크게 뜨더니 어색한 미소를 그렸다.

"죄송해요, 공자님. 제가 착각을 한 모양입니다."

"그렇군요. 그럼."

남장후는 고개를 숙여 인사를 건넨 후, 남부인을 지나쳐 걸어갔다.

남부인은 가만히 서서 멀어지는 남장후의 뒷모습을 가만히 바라만 보았다.

그녀의 시선이 느껴짐에 남장후는 미칠 것만 같았지만, 돌아보지는 않았다.

계속 힘겹게 걸어갔다.

어느 순간이 되어서야 어머니의 시선이 느껴지지 않음을

천마재생

알았지만, 그럼에도 남장후는 돌아서지 않았다.

계속 걸어가던 남장후가 갑자기 고개를 들어올렸다.

눈 한 송이가 떨어지고 있었다.

뒤이어 새하얀 눈이 쏟아내듯 떨어져 내리기 시작해 그의 앞과 뒤를 하얗게 물들여 갔다.

첫 눈이다.

아니, 마지막 눈이었다.

"다행이구나."

이곳에서 생의 마지막 첫 눈을 맞이할 수가 있어서…….

†

무림(武林)은 언제 시작되었을까?

모른다.

그렇다면 무공이라는 것이 처음 생긴 건 언제일까?

모른다.

무림의 사가들이 수많은 문헌과 사료를 통해 이러할 것이다, 저러할 것이다 라며 말하지만, 모두가 헛소리에 불과하다.

주먹을 쥔 자들은, 오직 일신의 힘으로 모든 것을 차지하려는 이들은 기록하지 않는다.

그저 살아갈 뿐이다.

그리고 죽어갈 뿐이다.

그렇기에 무림의 역사란 세월이 아닌, 사람의 행적이다.

정점에 이르렀던 이들.

그러다 타인에게 자신의 지위를 빼앗기로 몰락했던 이들.

그들이 이름과 살아왔던 모습이 바로 무림의 역사이다.

그렇다면 무림이 생긴 이래 정점의 위치에 이르렀던 이들은 몇이나 될까?

그 중에서 두고두고 회자될만한 성취를 이룬 무학의 종사는 몇이나 될까?

그런 질문을 받는다면 뭐라고 말을 해야 할까?

백궁마자 중 총대는 고민했다. 아니, 고민하는 척했다.

고민해봤자 답을 찾을 수 없는 질문이기 때문이었다.

하기에 총대는 나름 성의를 다했다는 정도의 시간을 보낸 후, 정말 고민에 고민을 거듭했다는 듯이 진지한 표정으로 말했다.

"흐음. 제 생각에는 대략 천 명 정도 되지 않을까 싶습니다."

질문을 던졌던 사내, 혈우마령이 물었다.

"왜 천 명이냐?"

그 순간 총대는 허를 찔렸다는 듯 움찔했다.

답이 없는 질문이니 왜냐고 물으면 사고의 과정을 말할 수밖에 없었다.

그런데 그냥 별 생각 없었다고 말할 수는 없는 일이다.

그랬다간 제대로 얻어맞겠지.

'그럼 뭐라고 말해야 할까?'

총대는 심각한 얼굴로 말했다.

"그냥요."

퍽!

총대는 아픈 머리를 마구 쓰다듬으며 헤헤 웃었다.

이 정도면 잘 넘어갔다 싶어서였다.

혈우마령은 그런 총대를 보며 피식 웃었다.

"세상에 흑총마자 출신 중에 이런 반편이 있었다니. 지금까지 살아남은 게 용하다."

총대는 고개를 푹 숙였다.

"감사합니다."

"뭐가 감사해? 때려주니 좋아? 아니면 내 말이 칭찬인 거 같냐?"

"그저 항상 고맙고 감사할 뿐입니다."

그러며 총대는 상체를 푹 숙였다.

그런 총대가 혈우마령이 한심하다는 듯 그를 위아래로

흘겨보았다.

그런 후 살짝 고개를 끄덕인다.

"그래, 맞다. 네 말마따나 천 명 정도 될 거야."

총대가 숙였던 머리를 들어 올리고 호기심을 담아 물었다.

"그 숫자는 어떻게 나온 겁니까?"

"그냥."

그 순간 총대의 얼굴이 일그러졌다.

혈우마령이 그의 표정이 즐겁다는 듯 웃으며 말했다.

"정확히 말하면 내가 계산한 게 아니야. 천년을 살았다는 미친놈이 정한 거지."

총대가 그제야 짐작이 간다는 듯 속삭이듯 물었다.

"천종서열?"

혈우마령은 고개를 끄덕였다.

"그래. 시천마라는 미친놈이 이따금 작성한다는 바로 그것이지."

천종서열(千宗序列).

총대는 그게 무엇인지 잘 몰랐다.

그가 아는 건, 그것이 시천마라는 천년을 살아온 미친놈이 이따금 고금의 강자들을 총망라하여 기록한 서열이라는 정도뿐이었다.

실로 오만하다.

아무리 천년을 살아왔다지만, 어찌 각 시대를 살았던 무학종사들의 무공와 실력을 비교하여 서열을 매길 수 있을까?

물론 고금제일이라고 일컬어지는 시천마라면 그들을 아래로 깔아볼 수 있는 수준인지는 모른다.

그렇다고 해도 모르는 일이다.

무인에게 승패와 생사는 오직 붙어봐야 알 수 있는 결과이니까.

더욱이 천종서열에 열거된 이름 중에는 이미 오래전에 죽어 없어진 무학종사들이 대량 열거되어 있다고 했다.

산 자와 죽은 자를 어떻게 비교할 수 있을까?

살아오면 보였던 행적의 자료를 통해?

명성으로?

말도 안 된다.

그러니 천종서열은 작성자인 시천마라는 미친놈의 자의적인 해석에 불과하다.

'내가 가장 잘났고 가장 뛰어나니 내가 내 마음대로 서열이다, 란 이거지.'

그러니 천종서열이라는 것에는 신빙성이 없다고 봐야 했다.

혈우마령이 그런 총대의 마음을 짐작했는지 이리 말했다.

"천종서열. 참 괴팍하지? 제멋대로이고? 하지만 나름 신빙성은 있어."

총대가 고개를 틀어 혈우마령을 바라보았다.

신빙성이 있다고?

혈우마령은 용모와 말투가 유해보이지만, 실제로는 매우 까다로운 사람이었다.

정확하고 확실하게 따지고 나서야 움직인다.

그가 부드럽고 여유로워 보이는 건, 한 걸음 뒤로 물러나 상황을 면밀하게 분석한 후에 말하고 행동하기 때문이었다.

그런 그가 천종서열이란 말되 안 되는 기록에 신빙성이 있다고 한다?

그렇다면 그만한 근거가 있다는 것이다.

대체 뭘까?

천종서열에 기록된 무학종사들을 산 자와 죽은 자, 시대를 달리 산 자를 총망라 하고 있다.

다른 환경과 다른 시간을 살았던 이들을 비교하고 서열을 매길 수 있는 잣대가 있을까?

그 잣대가 무엇이기에 혈우마령은 나름 신빙성이 있다고 하는 걸까?

그때였다.

갑자기 혈우마령이 표정을 굳히며 하늘을 향해 고개를 들어올렸다.

"오시는 군. 이 이야기는 나중에 계속하자."

총대는 아쉬움을 달래며 혈우마령의 시선을 쫓아 고개를 들었다.

푸른 하늘에 새파란 점 하나가 찍혀 있었다.

점은 점점 커지더니, 그들을 향해 내려오고 있었다.

쇄애애애애애애액!

점은 유성이 되어, 혈우마령과 총대에게서 십여 장 정도 거리를 두고 내려앉았다.

콰아아아아아앙!

굉음과 함께 땅이 움푹 파였다.

땅이 요동쳤고, 거센 바람이 몰아쳐 혈우마령과 총대의 머리카락을 거칠게 날렸다.

총대가 구덩이를 바라보며 말했다.

"이교주님, 하나 여쭈어 봐도 됩니까?"

혈우마령도 구덩이에서 눈을 떼지 않고 대꾸했다.

"뭐냐?"

"왜 항상 저렇게 내려오시는 겁니까?"

"나도 궁금해서 언젠가 여쭤본 적이 있지."

"뭐라 하셨습니까?"

"멋있어서, 라고 하시더라."

"그랬군요. 그래서 뭐라고 하셨습니까?"

"멋지다고 했지."

"그러셨군요."

"그래, 알아. 실수였어. 한 대 맞을 생각하고 제대로 말 씀드렸어야 했는데……."

그 사이 푸른 유성이 떨어져 만들어낸 구덩이 속에서 한 사내가 걸어 나왔다.

그 순간 혈우마령과 총대의 표정이 굳었다.

사내의 용모가 그들이 기다리고 있던 사람과는 달랐기 때문이었다.

하지만 낯설지는 않았다.

눈매가 날카롭고 턱 선은 날렵하다.

그리고 건드리면 베일 것만 같은 오똑한 콧대와 다부진 입매.

과거 수라천마 장후라고 불렸던 당시의 용모였다.

그 사이 수라천마 장후의 용모를 한 사내는 그들의 앞에 이르렀다.

그가 말한다.

"남장후는 두고 왔다."

혈우마령이 빙긋 웃었다.

"잘 하셨습니다."

"그러냐? 정말 잘 한 걸까?"

남장후, 아니 수라천마 장후답지 않은 말이었다.

수라천마 장후는 의견을 묻는 사람이 아니다. 미래를

예정하며, 결과로 만들어내는 사람이다.

그가 묻고 있다?

혈우마령은 미소가 씁쓸해졌다.

"그냥 잘 하신 겁니다."

"그냥?"

장후가 피식 웃었다.

"그래. 그냥 잘 한 거지."

"저는 형님의 얼굴을 다시 뵈니 좋기만 합니다."

"좋은 일은 없을 거다."

"그러니 더 좋군요. 예전으로 돌아간 것 같습니다."

그러며 혈우마령은 섬뜩하게 눈을 빛냈다.

장후는 그런 혈우마령의 어깨를 한 번 두들기며, 그를 지나쳐 걸어갔다.

혈우마령은 바로 몸을 돌려 장후의 뒤를 쫓았다.

장후가 말했다.

"준비는 다 되었느냐?"

혈우마령은 고개를 끄덕였다.

"미흡하나, 대략 마친 듯합니다."

"그래?"

그들은 계속 걸음을 옮겼다.

백여 장 쯤 걸어가니 땅이 잘라낸 듯 끊어져 있고, 아래 오십여 장 아래에 이어져 있었다.

절벽의 끝에 이른 장후는 걸음을 멈추고 고개를 아래로 내렸다.

무쇠로 만들어진 수백 대의 수레와 마차가 보였다. 그 사이로 수백 명에 이르는 사람들이 서거나 앉아 있었다.

사람이라기보다 옛 설화 속에서나 나올 법한 괴물도 보인다.

그들이 사이 길고 높은 장대에 커다란 깃발이 나부낀다.

깃발에는 두 개의 글자가 새겨져 있었다.

수라(修羅)!

절벽 아래 모여 있던 이들은 장후가 모습을 드러내자, 벌떡 두 팔을 들어올렸다.

그들이 쥐고 있는 병장기가 햇살을 반사하며 섬뜩한 빛을 사방에 흩뿌렸다.

그 모습이 만족스러운지 장후는 소리 없이 웃었다.

"좋아. 이 정도면 아쉽지 않아."

혈우마령이 말했다.

"하지만 보급선이 좀 불충분합니다."

남장후가 고개를 저었다.

"보급 따윈 필요 없어."

"하지만……."

그들이 서 있는 이곳은 북방 장성 너머의 초원이었다.

이 위로 넘어가면 불모의 땅이 계속 이어진다.

천마재생

그곳의 낮은 겨울에도 한 여름보다 더우며, 밤은 한 여름에도 겨울보다 춥다.

풀 한 포기 없고, 오직 금빛 모래만이 가득하다.

지금 장후는 그 황폐한 땅에 이 많은 무리를 이끌고 가려하고 있었다.

목적지인 시천마의 근거지가 어딘지는 장후를 제외하고는 아무도 모른다.

숨겨진 녹주(綠洲; 오아시스)인지도 모르겠다.

하지만 혈우마령이 아는 한 근방 이천 리 이내에는 지하수가 없다. 그러니 녹주가 있을 리 없다.

그러니 최소 이천 리 이상 이 대규모의 인원을 이끌고 진주해야만 하는 상황이었다.

그런데 보급 따위는 필요 없다고 하니, 난감하기만 했다.

하지만 혈우마령이 아는 수라천마 장후는 그 누구보다 치밀하다.

그러니 수라천마 장후가 보급이 필요치 않다면 필요 없는 것이다.

장후가 혈우마령의 호기심을 풀어주려는지 입을 열었다.

"네가 아는 세상의 모양은 진짜일까?"

"네?"

"우리는 이곳을 대륙의 끝이라고 말한다. 이 너머에는 아무것도 없으며, 오직 황량한 사막만이 펼쳐져 있다고 한다. 왜이냐?"

"많은 이들이 이 사막을 건넜고, 그들이 자신의 눈으로 본 것을 기록하고 지도로 그렸기 때문입니다."

"그들이 틀렸다는 생각은 해 본 적이 없느냐?"

"있습니다. 하지만, 하나가 아닌, 둘, 둘이 아닌 백, 백이 아닌 천이 같은 말을 하니 믿을 수밖에 없지요. 또한 누대에 걸쳐 같은 말을 하니 믿어 마땅할 수밖에 없고요."

"옳다. 하지만 때로는 내 눈으로 직접 본 것을 믿어야 할 때가 있지."

남장후가 고개를 돌렸다.

그리고 초원 저 너머 펼쳐진 사막 쪽으로 시선을 두며 말했다.

"저 곳은 사막이 아니다. 모래사장일 뿐이야."

"네?"

"저 곳으로 반나절 쯤 가면 바다가 있다."

"네? 바다요?"

"그래. 그리고 바다 너머로 하루 쯤 가면 대륙이 있다."

"대륙이요?"

천마재생

"그래, 대륙. 우리가 살아온 땅과 비교해도 작다할 수 없는, 거대한 땅이 그 곳에 있다."

혈우마령의 눈이 커졌다. 그리고 그는 휙 고개를 돌려 장후의 눈동자가 향한 방향을 쫓았다.

혈우마령은 매보다 멀리 볼 수 있다.

그의 시선에 닿는 건 그저 황금빛 사막뿐이었다.

사막 너머에 바다가 있다고?

그렇다면 누군가는 그 대륙을 가봤어야 한다.

가보지 못했더라고 하여도 있음을 알렸어야 한다.

아무도 본 적이 없고, 닿은 적이 없는 땅이 있다고?

고작 이곳에서 이틀 정도의 거리에?

믿을 수 없는 얘기이다.

하지만 혈우마령은 이리 말했다.

"그렇군요."

장후가 말했다.

"내 말을 믿느냐?"

"수천 년 묵은 지도 쪼가리와 수만 명의 헛소리 따위와 형님의 말씀을 어찌 비교할 수 있겠습니까?"

장후가 고개를 돌려 혈우마령을 향해 빙긋 웃음으로 답했다.

그리고 다시 사막으로 시선을 되돌리더니, 엄숙한 얼굴로 낮게 목소리를 깔아 말했다.

"믿어라. 저 곳에 대륙이 있다. 그리고 그 곳에는 시천마를 신으로 모시는, 천 년의 역사를 자랑하는 나라가 있다."

장후가 눈을 차갑게 빛내며 속삭였다.

"우리는 이제부터 그 나라를 없앤다."

천마재생

第百二十七章.

환영해주니 고맙군

第百二十七章.

환영해주니 고맙군

　　홍화국(紅花國)이라고 불리는 나라를 들어본 적이 있는
가?

　　이 땅의 북동쪽으로 계속 나아가면, 끝이 없이 펼쳐진
모래사막이 있다.

　　그런데 이따금 모래사막이 사라지고 황금색 바다가 모
습을 드러내는데, 그 바다를 건너면 새빨간 꽃이 가득한
거대한 땅에 닿을 수 있으니, 그곳에 홍화국이라는 나라가
있다고 한다.

　　본래 꽃이란 열흘 이상 붉을 수가 없을 텐데, 이곳 홍화
국의 꽃은 수십 해가 지나도 시들지 않는단다.

　　이곳에는 경작하지 않아도 먹을 것이 넘쳐나고, 금은보화

천마재생

가 길거리에 돌처럼 깔려 있단다.

그렇기에 이곳의 사람들은 항시 눈물과 시름을 모른다고 한다.

홍화국.

꿈에나 나올 듯한 천당같은 나라.

정말 이러한 나라가 있을까?

있을 리가 없다.

꿈일 뿐이다.

그런 나라가 있을 리가 없다.

그저 암울하고 힘겨운 끝이 보이지 않은 통로와 같은 빈곤 속에서 살아가는 이들이 마음으로 그려낸 환상일 뿐이다.

지지 않는 꽃이란 없다.

눈물과 시름을 모르는 삶이란 있을 수 없다.

그러니 홍화국은 있을 리 없다.

하지만 북방 척박한 땅에서 살아가는 이들은 오늘도 전설로 구전되는 이 홍화국이라는 나라를 노래한다.

그런데 혹시 홍화국이라는 나라가 있다면?

전설처럼 그렇게 풍요롭고 아름다운 나라에서 살아가는 이들이 정말 존재한다면?

그들은 반대로 자신들의 나라와 삶을 동경하는 저 바다 건너편의 땅과, 그 안에서 살아가는 사람들을 뭐라고 이야기할까?

"거짓말이야."

주가희(朱歌姬)은 그렇게 속삭였다.

"저곳에는 아무것도 없어."

그러며 그녀는 바다 저편을 가만히 바라보았다.

저 바다는 홍무해(紅霧海)라고 불렸다.

누가 언제 그렇게 지은 걸까?

아무도 모른다.

다만 그렇게 부르게 된 이유 정도는 모두가 알고 있었다.

홍무해는 언제나 붉은 안개가 가득 차 있었으니까.

저 불길한 붉은 안개는 누가 하늘에 그려 놓기라도 한 것처럼 사라지는 적이 없었다.

전해지는 전설에 따르면, 홍무해를 가득 채운 붉은 안개는 저 바다 건너에 있는 땅에 사는 사람들이 죽으면 새빨간 연기가 되어 날아와 홍무해의 하늘을 채운다고 했다.

"거짓말이야."

저 바다 건너에는 아무것도 없으니까.

만약 그런 게 있었다면 아버지가 아직도 돌아오지 않을 리가 없잖아.

주가희는 이를 악물었다.

아버지는 저 바다로 떠나기 전에 분명 약속했었다.

꼭 돌아오겠다고.

천마재생

이 미친 신의 나라를 부술 수 있는 힘을 얻어서 돌아오겠다고.

그러니 울지 말고 기다리고 있으라고.

예쁘고 착하게 크고만 있으라고.

주가희는 아버지의 약속을 믿었다.

아버지는 강한 사람이었으니까.

이 미친 신의 나라에서도 열 손가락 안에 들만큼 강하면서도, 유일하게 미치지 않은 진짜 사람이었으니까.

그래서 믿었다.

약속을 지키려 노력했다.

아니, 지켰다.

홍화국에서 열 손가락 안에 드는 미녀라는 소리를 듣고 있으니까.

착해지겠다는 약속도 지켰다.

홍화국에서 열 손가락 안에 드는 역적이라는 소리를 듣고 있으니까.

하지만, 정작 아버지는 약속을 지키지 않았다.

이제는 안다.

아니 오래전에 알고 있었다.

아버지는 죽었다는 것을.

그 약속은 거짓말이었을 것도.

있을 리 없는 바다 저편의 땅을 찾아 떠난 건 지쳤기

때문이겠지.

'죽고 싶을 정도로……'

어떻게 해서라도 이 미친 절망의 땅을 벗어나고 싶었던 것이겠지.

'죽어서라도……'

그럼에도 어린 딸에게 희망을 주고 싶었겠지.

어떻게는 살아갈 수 있는 이유를 만들어 주고 싶었겠지.

안다.

다 안다.

"저도 그렇거든요."

주가희의 눈에 습막이 어렸다.

두두두두두두두.

말발굽 소리가 들린다.

그건 오랜 싸움의 끝을 고하는 소리였다.

지치고 힘겨운 삶을 끝내겠다는 신호이기도 했다.

드디어 신의 대리인을 자처하는 그 악랄한 놈들이 도착한 모양이었다.

"취홍나찰(吹紅羅刹)!"

"취홍나찰이 저기 있다!"

등 뒤 저 멀리서 자신을 부르는 고함과 외침이 쏟아짐에도 주가희는 돌아보지 않았다.

그저 붉은 안개로 뒤덮인 바다를 멍하니 바라만 보고

천마재생

있을 뿐이었다.

이제 선택해야 할 때이다.

저들에게 잡혀가 이 예쁘장한 얼굴과 몸을 마구 주물러 대려는 남자와 저 남자 사이를 건너다닐까?

아니면, 아버지처럼 저 바다로 들어가 죽어버릴까?

'아니, 이미 선택을 했지.'

굳이 도주로를 이리로 잡았을 때 이미 결정했던 거다.

"아버지. 저도 그리로 갈래요."

주가희는 발을 내딛었다.

기다렸다는 듯 바닷물이 밀려와 그녀의 발을 적셨다.

주가희는 계속 발을 내딛었다.

아직 높이는 무릎도 되지 않는데, 바닷물은 뱀의 혓바닥처럼 천을 타고 기어올라 어느새 가슴까지 적신다.

뭘 그리 서두르는지…….

그때였다.

"응?"

어쩐지 바다를 채운 붉은 안개가 옅어진 것만 같았다.

착각이려나?

아니다.

착각같은 걸 할 만큼 안일하게 살지는 않았으니까.

아나나 다를까.

붉은 안개는 점점 더 옅어졌고, 이내 푸른 하늘을 드러냈다.

본래 하늘의 색은 푸르지만, 이 곳 홍무해 주변에서는 붉어야 하는 게 정상이었다.

그녀가 알기로 그랬고, 그녀의 아버지, 그녀의 할아버지, 할아버지의 할아버지도 그렇게 알고 살았었다.

'대체 어떻게 된 거지?'

정말로 착각인가?

죽겠다고 마음먹으니 헛것이 보이는 걸까?

하지만 등 뒤에서 들려오는 추적자들의 당황어린 외침이 착각은 아님을 알게 해주었다.

"헛! 홍무가 사라진다?"

"이게 어떻게 된 거지?"

그렇다면 대체 뭘까?

문득 주가희는 어린 시절 들었던 전설이 떠올랐다.

저 바다 건너편 땅에 마신(魔神)이 태어났는데, 그것은 피를 들이마시며 푸른빛을 뿜어낸다고 했다.

그 마신은 그곳의 모든 생명을 죽여 그 핏물을 모두 들이마시고 나면, 이 땅으로 건너올 거라고 했다.

마신이 이 땅으로 들어올 때는 빈속을 채우려 홍무해의 붉은 안개부터 들이마실 터이니, 그게 전조라던가?

'거짓말이야.'

그럴 리가 없지 않나.

천마재생

'응?'

주가희는 갑자기 걸음을 멈췄다.

바로 앞에서 뭔가 다가오고 있음이 느껴졌다.

뭘까?

수면 위로 천천히 뭔가가 모습을 드러낸다.

그 순간 주가희의 눈이 커졌다.

"머리?"

분명 사람의 머리로 보였다.

이마가 모습을 드러내더니, 이제 날카로운 눈매까지 수면 위로 드러났다.

사람의 눈동자가 주가희를 향한다.

눈이 마주치는 순간, 주가희는 심장이 멎을 듯만 했다.

'저런 눈이 다 있지?'

마치 사내의 눈빛은 강렬하거나, 날카롭거나 하지는 않았다.

오히려 세상을 다 산 노인의 그것처럼 권태롭고 담담하기만 했다.

그런데 어째서인지 두렵다.

사내의 눈빛에 낚시 바늘이 걸려 있어, 영혼을 꿰어 끄집어내는 듯만 하다.

사내는 잠시 바라보는 것만으로 주가희에 대한 관심을 채웠는지, 정면으로 눈동자를 돌렸다.

사내는 그 사이에도 점점 다가왔고, 주가희의 옆을 스치듯 지나쳐 땅 쪽으로 걸어갔다.

이런 기묘한 만남이 있을까?

하지만 사내는 그렇게 여기지 않는지 한 번 돌아보지도 않았다.

주가희는 자존심이 상했지만, 그보다는 사내에 대한 호기심이 더 컸다.

그렇기에 바다를 향했던 몸을 돌려 사내의 등을 바라보았다.

그 순간, 주가희는 깜짝 놀랄만한 사실을 잊고 있었음을 깨달았다.

"저 남자, 설마 바다를 건너온 거야?"

그러고 보니 사내가 입고 있는 옷의 형태가 낯설었다.

홍화국은 서남쪽에 위치한 분국인 쇄현국(碎鉉國)의 전통복이 저와 비슷하기는 하지만, 쇄현국 쪽 사람 같지는 않았다.

그렇다고 바다 속에서 살았을 리는 없고…….

주가희는 이끌리듯 사내의 뒤를 쫓았다.

바다를 건너온 사람.

저 바다 저편에 정말 대륙이 있다는 증거이다.

묻고 싶었다.

저 바다 저편에 혹시 나와 닮은 남자를 본 적이 있느냐고.

내 아버지, 주한철을 아느냐고.

하지만 그 질문을 하고, 대답을 받기는 어려울 듯했다.

추적자들이 모래사장에 도착하고 있었으니까.

"주가희! 여기까지다!"

"취홍나찰! 더는 더러운 꼴 보지 말고 순순히 우리를 따라라."

지긋지긋하게 들어온 판에 박힌 소리.

하지만 바다를 건너온 사내에게는 낯설고 두렵기만 하겠지.

주가희는 서둘러 달려가 사내의 앞을 가로막았다.

"내 뒤에 꼭 붙어 있어요!"

그러며 그녀는 허리춤에 걸린 검을 뽑아들었다.

스르릉.

뽑혀 나온 검은 새카맸다.

먹물에 푹 담가 놓았다가 막 꺼낸 것만 같았다.

흑린마검(黑燐魔劍)!

홍화국에서 열 손가락 안에 들었던 고수인 그녀의 아버지를 상징하는 애병이었다.

하지만 지금은 그녀 취홍나찰 주가희가 얼마나 잔인한지를 알려주는 증거였다.

하지만 이 자리에 나타난 추적자들은 두려워하지 않았다.

어째서일까?

주가희의 눈이 얇게 좁혀졌다. 동시에 긴장으로 어깨가 딱딱하게 굳었다.

그들 사이에 서 있는 한 사내의 모습을 보았기 때문이었다.

'단명객(斷命客)이!'

단명객은 빙긋 웃으며 앞으로 나섰다.

"나를 아는 눈치로고."

굳게 다물려 있던 주가희의 입이 벌어졌다.

"유명하니까. 당신이 어떻게?"

단명객은 고위권력자이다.

이 홍화국의 권력자를 일렬로 세우면 백 명 안에는 충분히 들만한 사람이다.

그런 자가 고작 나를 잡겠다고 나설 리가 없는데?

단명객이 그녀의 궁금증을 풀어주겠다는 듯 입을 열었다.

"마침 이 근처에 볼 일이 있어 왔는데, 천하의 취홍나찰이 있다지 않던가. 그 잘난 얼굴 좀 보겠다고 따라나섰다네."

"그럴 정도로 잘난 얼굴은 아닐 텐데요."

단명객이 고개를 절레절레 저었다.

"아니지, 아니야. 듣던 것보다 훨씬 예쁘장하구만. 앙칼진 구석도 있고. 그런데 남자가 있군. 쯔쯔쯔."

201

그러며 단명객은 주가희가 어깨 너머로 시선을 돌렸다.

"뭐, 예쁘장한 꽃 주변에는 잡초가 끼기 마련이겠지. 뽑아버리면 그 뿐이야."

주가희는 급히 고개를 돌려 바다를 건너온 것으로 짐작되는 의문의 사내를 향해 외쳤다.

"도망쳐요!"

사내는 그저 감정 없는 눈길로 주가희를 바라보았다.

말을 알아듣지 못하는 걸까?

하기야 이 사내가 바다 저편의 땅에서 살았다면 사용하는 언어가 다를 수도 있겠지.

그때 사내의 입이 벌어졌다.

"단명객. 천종서열 칠백이십삼 위."

주가희의 눈이 커졌다.

'우리 말을 할 줄 알잖아?'

그런데 천종서열이 뭐지?

사내가 걸음을 옮겨 주가희를 스치고 앞으로 나아갔다.

주가희는 다급히 외쳤다.

"위험해요! 도망치라고!"

단명객이 크게 고개를 끄덕였다.

"그래. 난 위험하지. 하지만 도망치지는 않아도 되네. 그래봤자 소용이 없을 터이니."

그러며 단명객은 천천히 오른손을 들어올렸다.

그의 손에는 쥘부채가 들려 있었다.

접명비선(摺命飛扇)!

생명줄을 접어버린다는 부채!

단명객의 독문병기이자, 그를 상징하는 무공이기도 했다.

"안 돼!"

주가희가 외치는 동시에 접명비선이 둥지를 떠난 새처럼 의문의 사내를 향해 날았다.

쇄애애애애애애애애액!

접명비선은 세차게 휘돌며 원반이 되어, 사내의 목을 향해 일직선으로 뻗어나갔다.

당장에 사내의 목이 잘려 떨어지려는 찰나, 사내의 미간이 푸른빛을 발했다.

콰쾅!

굉음과 함께 접명비선이 터지며 산산이 흩어졌다.

대체 무슨 일이 벌어진 걸까?

사내의 미간이 발하는 빛이 점점 더 밝기를 더하며 부풀어 오른다. 그리고 마치 눈과 같은 형태를 이루어 냈다.

"이렇게 환영해주니 고맙군. 나도 답사 정도는 해야겠지?"

사내의 미간에 나타난 푸른빛의 눈동자가 꿈틀거렸다.

마치 뭔가를 토해내기 위해 힘을 주는 듯 만하다.

천마재생

단명객은 위기를 느끼고 거칠게 뒤로 몸을 날렸다.

동시에 사내의 미간에 나타난 푸른빛의 눈동자가 터져 나갔다.

아니, 푸른빛의 기둥을 뿜었다.

콰콰콰콰콰콰콰콰콰콰콰!

빛의 기둥은 순식간에 단명객의 앞에 이르렀고, 피할 수 없음을 깨달았는지 단명객은 두 손을 앞으로 내밀어 전신의 공력을 뿜었다.

"하아아아아아아아압!"

약간의 내상을 각오하며 힘으로 버텨내려는 의도였다.

콰아아아아앙!

꿍음이 터졌고, 그 순간 단명객은 자신의 판단이 잘못되었음을 깨달았다.

이건 버티거나, 막을 수 있는 힘이 아니었다.

"뭐야, 이건?"

파란 빛의 기둥은 단숨에 단명객이 뿜어낸 강기를 뚫어 버리고 나아가 단명객을 휘감았다.

아니, 먼지로 흩어버렸다.

위이이이이이이잉!

빛의 기둥은 그러고도 계속 뻗어가 닿는 것은 모조리 부수며 질주했다.

대체 뭘까?

갑자기 사내가 고개를 가로 젖힌다.

그러자 그의 미간에서 뿜어져 나온 빛의 기둥이 방향을 바꾸어 단명객의 수하들을 쫓았다.

"으아아아아아악!"

"안 돼!"

빛의 기둥이 닿을 때마다 단명객의 수하들은 비명을 지르며 가루가 되어 흩어졌다.

잠시 만에 아무도 남지 않았고, 그제야 푸른빛의 기둥은 사라졌다.

주가희는 눈과 코, 입을 크게 벌린 채 그저 멍하니 사내만을 바라보았다.

이 남자, 대체 뭘까?

푸른 빛?

홍무가 걷히며 나타난 사내?

'설마 전설의 마신?'

사내가 천천히 고개를 돌려 주가희를 돌아보았다.

"저 쪽으로 건너가려던 거 같던데, 맞나?"

주가희는 아무 말도 못하고 그저 사내를 가만히 바라만 보았다.

사내가 말했다.

"가봤자 심심하기만 할 거야."

사내의 고개가 앞으로 돌아간다.

천마재생

그러더니 사내는 희미한 미소를 머금었다.

"하지만 여기는 이제부터 재밌을 거야."

그러며 사내는 걸음을 옮겼다.

주가희는 멀어지는 그의 등을 멍하니 눈으로 쫓았다.

그렇기에 그녀는 보지 못했다.

바다 저편에서 모습을 드러내고 있는 수십 척의 선박을……

선박 위에서 날카로운 병장기를 쓰다듬으며 이 땅 홍화국을 잡아먹겠다는 듯이 노려보는 수천 명의 사내들을…….

†

피처럼 새빨간 꽃.

꽃은 괴이하게도 줄기 역시도 빨갛다.

또한 입사귀도 보이지 않았다.

마치 새빨간 꼬챙이 위에 그와 같은 색의 꽃을 꽂아둔 것만 같았다.

홍화국의 국화(國花)인 영주화(永朱花)였다.

영주화는 꽃잎을 달여 마시면 일 년은 더 살 수 있다는 귀한 약재이기도 했다.

그렇기에 보기가 힘들고, 보아도 가지기가 어렵다.

그런 영주화가 이 화원에는 끝이 보이지 않을 만큼 가득하다.

더욱이 기묘하게도 벽과 하늘까지 가득 채우고 있다.

눈에 닿는 곳에 존재하는 건 모조리 영주화 뿐이다.

이 기묘한 공간에 한 사내가 서 있다.

이제 스물 쯤 되었을까 싶은 피부가 백옥처럼 새하얀 청년이었다.

몸이 좋지 않은 걸까?

청년은 팔과 다리는 메마른 가지처럼 앙상했다.

당장이라도 쓰러질 것처럼 움직임 역시 느리고 힘없다.

손이 닿는 곳에 있는 영주화를 한 송이만 잡아서 잎사귀를 뜯어먹는다면 보양할 수 있을 것 같은데, 청년은 그걸 모르는지 그저 힘없이 걷고만 있을 뿐이었다.

어느 순간 바람이 일더니, 새하얀 청년의 앞에 누군가 나타났다.

영주화처럼 새빨간 머리카락을 가진 기골이 장대한 청년이었다.

청년은 새하얀 피부의 청년에게 무릎 꿇으며 공손한 어조로 말했다.

"홍화신을 뵙습니다."

홍화신(紅花神)!

홍화국을 다스리는 지고한 존재!

천마재생

무소불위의 권력을 가졌을 뿐 아니라, 만능의 힘을 지닌, 그래, 신이다.

그가 바로 이 메마른 청년이라니.

누가 듣고 보았다면 믿을 수 없다면 고개를 저어댔을 것이다.

하지만 이 영주화가 하늘까지 채운 기묘한 공간, 홍화신전에 출입할 수 있는 건 홍화신 외에 단 한 명뿐이었다.

바로 홍화신을 대리하여 홍화국을 다르시는 염황(炎皇).

바로 조금 전 무릎 꿇었던 사내였다.

홍화신이 멀리 시선을 두고 말했다.

"그가 왔구나."

염황이 고개를 숙였다.

"네. 왔습니다."

"보았느냐?"

"아직 보지 못하였습니다."

"보고 싶구나."

"보지 못하실 것입니다."

그제야 홍화신의 시선이 내려와 염황을 향했다.

홍화신이 입매가 비틀렸다.

마치 웃음을 지으려는 것만 같았다.

그 모습이 웃음을 지어본 적이 한 번도 없는 사람이 그저 흉내라도 내어본다는 듯이 어색했다.

"난 그를 보고 싶구나."

"이미 지극화천(至極火天)에게 명했습니다."

"너는 나를 믿지 못하는 구나?"

염황이 고개를 푹 숙였다.

"어찌 제가 당신을 믿지 못하겠습니까. 다만 자격이 있는지를 확인하고자 함이었습니다."

홍화신이 결국 흐뭇하다는 감정이 엿보이는 미소를 만들어냈다.

"해아야."

그 순간 염황이 파르르 떨었다.

홍화신이 갑자기 생각난 듯이 말했다.

"너는 모르겠지만, 염황이라 불린 건 네가 처음이 아니었다. 네가 태어나기 전에 이미 다섯이 더 있었지. 그 녀석들은 어디로 갔을까? 왜 네가 염황이라는 이름을 쓰고 있을까?"

염황은 대답하지 않았다. 그저 부들부들 떨 뿐이었다.

홍화신이 상체를 숙여 자신의 머리를 염황의 오른쪽 귀 옆에 가져다 댔다.

"해아야."

"마, 말씀하십시오."

"자격을 주고 빼앗는 건 나다. 네가 아니야."

염황이 더욱 자세를 낮추었다.

"며, 명심하겠습니다."

홍화신이 상체를 펴고 고개를 저었다.

"아니, 명심하라고 한 얘기가 아니야. 그저 그렇다는 게지. 알아서 해봐. 그가 오지 못하게 해봐. 막으려면 막고, 죽이려면 죽여 봐. 그것도 재밌겠지. 요즘 너무 심심했어. 웃는 법도 까먹었을 정도니까. 허헛. 허허허헛. 허허허허 허허헛!"

그러더니 갑자기 웃음을 뚝 멈추고 염황을 향해 물었다.

"내 웃음, 어색하냐?"

염황이 고개를 저었다.

"아닙니다. 자연스럽습니다."

"그래? 오랜 만에 웃으니 즐겁군. 한 삼십 년 만인가? 앞으로는 웃을 일이 잦았으면 싶구나."

염황이 고개를 푹 숙였다.

"며, 명심하겠습니다."

염황은 안다.

아주 잘 알고 있다.

홍화신이 어떤 생각을 할 때 웃고, 어떤 일을 할 때 즐거워하는지를.

그렇기에 그의 몸은 더욱 떨릴 뿐이었다.

†

　홍화국은 신정국가(神政國家)로써, 중앙에 홍화신(紅花神)의 대리인 염황(炎皇)이 다스리는 직례국(直隷國)을 두고, 그 외의 지역을 열두 명의 제후가 나누어 다스린다.

　이러한 체제가 언제 성립되었는지는 아무도 모른다.

　홍화국의 역사가 얼마나 되었는지도 아는 사람이 없다.

　다만 아는 건 일신국과 십이제후국으로 나뉘는 이 체제가 기원을 알 수 없을 정도로 오래되었다는 것이고, 어떻게든 무너져야 한다는 것이다.

　하지만 얼마나 오래 되었는지 아무도 모를 정도로 지속되어온 이 견고한 체제와 나라를 그 누가 무너트릴 수 있을까?

　그래도 해야 한다.

　포기해서는 안 된다.

　무너트릴 수는 없더라도, 언젠가는 무너질 수 있다는 희망은 주어야만 한다.

　그것이 비록 헛된 희망이라 할지라도, 해야 한다.

　주가희는 그렇게 여겼다.

　그녀 뿐 아니라, 그녀의 아버지, 그녀의 할아버지, 그리고 할아버지의 할아버지도 그렇게 여겼다.

211

그녀의 가문은 홍화국을 무너트리겠다는 헛된 희망을 비원으로 삼아 살았다.

하지만 이젠 지쳐버렸다.

하기에 주가희는 자신의 대에서 그 비원을 끝내겠다고 결심했다.

포기와 절망으로써…….

새로운 희망을 찾아서 돌아오겠다고 홍무해로 떠났던 아버지처럼 말이다.

하나 뿐인 딸자식에게까지 헛된 희망을 품게 만드는 못 돼먹은 주씨집안의 내력을 홍무해에 던져버려 끝내버리려고 했다.

그랬었다.

"그런데 왜 내가 여기 있지?"

주가희는 멀리 보이는 거대한 벽을 보며 그렇게 속삭였다.

홍화국의 열두 분국 중 하나인 분초국(雰礎國)의 도성(都城)이었다.

분초국은 열두 개의 분국 중에서도 다섯 손가락 안에 드는 강성한 나라이다.

왜 난 이 나라의 도성 앞에 서 있는 걸까?

그녀의 고개가 옆으로 돌아갔다.

그녀의 시선에 눈매가 날카로운 사내가 들어왔다.

그래, 바로 이 과묵한 사내 때문이다.

'이름이 장후라고 했지?'

"저긴가?"

장후가 묻는 말에 주가희는 상념에서 깨어나 고개를 끄덕였다.

"네. 저기가 바로 분초국의 도성인 화천(火川)이에요."

"화천이라. 잘 어울리는 이름이군."

주가희는 고개를 갸웃했다.

'불의 내' 라는 이름이 잘 어울린다고?

고작 화천의 성곽 정도를 보고 잘 어울리네 마네라고 할 수는 없지 않나?

그녀의 호기심을 풀어준 건 등 뒤에서 들려온 목소리였다.

"그렇군요. 앞으로 그 이름대로 될 테니까요."

주가희는 고개를 뒤로 돌렸다.

그곳에 괴겁마령이라고 자신을 소개했던 청년이 서 있었다.

괴겁마령의 옆에 있는 외팔의 노인이 말했다.

"대화는 나누어 봐야지."

이 노인은 이름이 철리패라고 했던가?

괴겁마령이 고개를 틀어 철리패를 향해 물었다.

"대화? 무슨 대화?"

천마재생

그러자 철리패라는 노인 옆에 있는 백발청년이 말했다.

"뭘 묻는가? 그 친구가 할 대화라는 게 뻔하지. '맞고 줄래? 아니면 맞아 죽고 빼앗길래?' 정도이겠지."

이 백발청년의 이름은 신검이라고 했지?

그러자 괴겁마령이 피식 웃었다.

"하기야 그렇겠어."

듣던 철리패는 뭐라고 항변하려다 말고, 그저 눈살만 찌푸릴 뿐이었다.

그들의 대화를 듣고 있던 주가희는 눈이 크게 벌어졌다.

'진짜 도성을 장악할 생각이라는 거야? 이 네 명만으로?'

주가희가 눈매를 얇게 좁히며 비릿한 미소를 지었다.

'거짓말.'

이틀 전이다.

장후는 그녀에게서 일신국과 십이제후국으로 나누어진 홍화국의 체제를 듣더니, 이리 물었다.

"그럼 지금 이곳은 어느 나라지?"

"분초국입니다. 십이제후국 중에서 다섯 손가락 안에 드는 강성한 나라로, 현 제후의 이름은 지극……."

"됐고. 성도는 어디지?"

"이곳에서 칠백 리 정도 떨어진……."

"됐고. 안내해."

"왜 안내를 하라는 건지 여쭤 봐도 될까요?"

"빼앗으려고."

그때 주가희는 웃었던 것 같았다.

실태이지만, 웃을 수밖에 없었다.

빼앗다니.

본초국을?

그 정도는 아니겠지.

그렇다면 도성인 화천을?

그렇다고 해도 웃음 밖에 나오지 않을, 말도 안 되는 소리이다.

하지만 다시 묻지는 않았다.

그녀가 짐작하기에 장후의 의도는 뻔하기 때문이었다.

'이 땅을 지배하는 권력자와 교섭을 하겠다는 것이겠지.'

그럼 무엇을 위한 교섭일까?

'자리를 잡을 만한 터전을 내어달라는 거지.'

장후가 이끌고 들어온 이들은 거의 이천 명을 육박했다.

하나같이 삭막하고, 무겁고, 신중했다.

홍화국의 역적으로 지정되었기에 누구보다 험난한 삶을 살았다고 자부하는 주가희가 보기에도 이건 너무 위험하다 싶을 정도의 무리였다.

그리고 그들이 끌고 온 수십여 개의 철갑 수레 안에서 들려오는 괴성이라니.

보여주지 않았기에 볼 수는 없었지만, 보고 싶지도 않았다.

흘러나오는 괴성만으로도 뼈가 서늘할 정도로 섬뜩했으니까.

그런 일행을 이끌고 들어왔다.

왜?

전쟁을 벌여 이 홍화국을 차지하기 위해서?

우습다.

그건 아이들의 헛된 공상에 지나지 않는다.

세력을 가진 자는 전쟁을 오히려 꺼린다.

그들에게 세력은 재산이다.

재산을 잃고자 하는 일을 누가 하고 싶어 할까?

물론 재산을 늘리기 위한 전쟁을 벌일 수는 있지만, 지금 장후라는 사내에게는 기반이 없다.

분명 막대한 전력을 가지고 있지만, 소모되면 충원되지 않는다.

화려한 꽃이지만, 뿌리를 잃고 잘려 쟁반 위에 놓여 있는 것이나 다름없다.

화원에 피어난 그 어떠한 꽃과 견주어도 빼어날 수는 있겠지만, 가장 먼저 시들 것이다.

그러니 장후에게는 뿌리를 내릴 터전이 필요하다.

그러니 장후는 분초국의 제후를 상대로 터전을 제공해 달라는 교섭을 벌이려는 것이다.

그건 주가희의 입장에서는 달갑다고 할 수는 없었다.

하지만 두 말하지 않고 안내하기로 했다.

그 교섭의 결과가 어떠할지 잘 알고 있기 때문이었다.

본초국을 다스리는 제후는 지극화천.

그는 강한 사람이다.

모든 면에서 강하다.

자신의 말을 할 뿐이지, 타인의 말을 듣지 않는다.

자신이 즉흥적으로 던진 한 마디 말이 정의(定義)라고 여기는 자이다.

쉽게 말해 폭군(暴君)이라는 거다.

십이제후국을 다스리는 제후는 대부분 다 폭군이라 불릴 만 하지만, 그 중 유독 심하다 싶은 사람을 고르라면 모두가 지극화천을 말한다.

그렇기에 본초국은 반란과 내분이 끊이지 않는다.

그걸 누르고, 뽑고, 없애는 게 바로 지극화천의 유일한 취미이자 재능이다.

'그런 건 너무 잘해서 더 문제이지.'

어찌 되었던 어떤 조건을 제시하던 간에 지극화천은 받아들이지 않을 것이다.

천마재생

그가 할 말은 뻔하다.

내 땅에서 꺼져라, 혹은 내 땅에 묻혀라.

그 둘 중 하나겠지.

굳이 둘 중 하나를 고르라면 후자 쪽일 것이다.

그렇기에 이들을 이 화천까지 안내하기로 결심한 것이다.

분초국의 도성인 화천을 빼앗겠다는 이들이 고작 수뇌부로 짐작되는 네 명만이 덜렁 따라나선 것부터가 그녀의 짐작이 옳다는 것을 알려주는 듯했다.

그런데 도성 앞에 이르고서도 이러고 있다.

그래, 그러라지.

장후라는 사내는 도성 안에 들어서는 순간, 알게 될 것이다.

자신이 무슨 실수를 한 건지를.

물론 처음 봤을 때 보였던 실력이라면, 어떠한 위협이 닥치더라도 도성을 벗어날 수는 있을 것이다.

대신 일행이 이 세 명의 시체를 남겨야만 하겠지.

'물론 나도.'

그래도 괜찮다.

바닷물에 빠져 죽는 것보다는 낫다.

이 장후라는 사내와 분초국을 대치하도록 만들 수만 있다면, 괜찮은 죽음이다.

그런 생각을 하는 사이 일행은 성문의 앞에 이르렀다.

하늘을 향해 고개를 들어 올려야 만이 성문의 끝이 보일 정도이다.

이 높고 넓은 성문의 너머가 지옥이 되겠지.

그때였다.

"자, 이제 시작해 볼까?"

장후의 목소리 주가희는 고개를 돌려 그를 바라보았다.

시작하다니.

뭐를?

그때였다.

갑자기 괴겁마령의 몸이 검게 물들어 갔다.

신검의 허리에 매달린 검은 저절로 빠져 나오더니, 신검의 손에 안겼다.

철리패는 하나 뿐인 손을 굳게 주먹 쥐며, 송곳니를 드러냈다.

"지금 뭐, 뭐하자는⋯⋯?"

장후가 말했다.

"뭐긴 뭐야."

위이이이이이잉.

그의 미간에 푸른빛이 어리더니, 둥근 눈동자의 형태를 이룬다.

"전쟁이지."

천마재생

눈동자가 푸른빛의 기둥을 토했다.

쾅아아아아아아아아!

빛의 기둥은 바로 거대한 성문을 뚫고 뻗어나갔다.

장후는 고개를 가볍게 이리저리 저었고, 그럴 때마다 빛의 기둥은 방향을 바꾸어 성문을 자르고 가르고 찢었다.

잠시 후 푸른빛의 기둥은 사라졌고, 그들의 앞을 막고 있던 성문 역시 사라져 있었다.

장후가 걸음을 옮겼다.

"빨리 끝내자."

그러자 그의 등 뒤에 선 세 명은 웃으며 그를 따라 걸음을 옮겼다.

홀로 남겨진 주가희는 멀어지는 그들의 등을 바라보며 속삭였다.

"정말이었어?"

†

분초국의 도성, 화천의 남문(南門)은 동서남북 사방에 놓인 네 개의 대문 중에서 가장 크고 화려하다.

하지만 언제나 닫혀만 있다.

하기에 남문을 이용하려는 이들은 아래 만들어진 쪽문을 통해서만 출입하여야만 한다.

그 이유는 화천의 남문은 오직 출정식(出征式)이 있을 때만 열리도록 정해져 있기 때문이었다.

모반과 내분, 그리고 반란을 뿌리 뽑기 위해 본초국의 제후인 지극화천이 정병의 소집을 명하는 날, 남문은 활짝 열린다.

그러면 분초국의 국토는 피와 눈물로 흠뻑 젖는다.

화천의 남문이 닫힐 때까지…….

그렇기에 본초국의 사람들은 화천의 남문을 지옥문(地獄門)이라고 부르기도 했다.

그러며 남문을 바라볼 때마다 이렇게 속삭인다.

지옥문이여, 열리지 말아다오.

시름과 눈물은 지금으로도 충분하니까.

그들의 바람이 닿았음인지, 화천의 남문이 마지막으로 열린 건 이십여 년 전이다.

하지만 안심할 수는 없었다.

분초국 국민의 삶은 고단하기에 시름과 한숨은 끊이지 않아서, 그들의 가슴 속에 쌓인 울분은 흩어지지 않고 언제 터져 나갈지 모를 만큼 계속 쌓이고만 있으니까.

분명 누군가 일어설 것이다.

그리고 저 지옥문은 다시 열리겠지.

터져 나온 분노를 위로하기보다는 자르고 부수고 조각 내어 피와 살점으로 나누어버릴 것이다.

천마재생

그 위를 공포와 두려움이 이불처럼 덮어버리겠지.

그렇게 모두가 꿈이 없는 잠에 들 것이다.

아주 오랫동안…….

다시 시름과 한숨이 쌓여 울분이 되고, 더는 담아둘 곳이 없어 터져 나올 때까지…….

그건 본초국이 생긴 이래, 아니, 이 땅에 홍화신이 내려온 이래 끊이지 않는 악순환의 고리이다.

그리고 결코 끊어질리 없는 고리이기도…….

"응?"

지옥문, 아니, 화천의 남문을 바라보던 사람들이 갑자기 눈매를 좁힌다.

남문의 위쪽이 둥글게 부풀어 오르고 있었다.

대체 뭘까?

사람들은 하나 둘씩 일손을 놓고, 남문을 바라보았다.

그때였다.

콰아아아앙!

둥글게 부풀어 올랐던 남문의 위쪽이 터져 나가며 푸른 빛의 기둥이 튀어 나왔다.

그 광경을 바라보던 모든 이들이 눈을 찢어져라 크게 떴다.

"뭐, 뭐야?"

"뭐가 어떻게 된 거야?"

그들은 직접 두 눈으로 보고 있음에도 자신이 보는 광경을 어떻게 받아들여야 할지 알 수가 없었다.

푸른빛이 이리저리 움직이며 화천의 남문을 종이처럼 찢고 가른다.

그제야 사람들 중 누군가가 자신이 보고 있는 광경이 무엇인지를 알아채고 속삭였다.

"지옥문이 부서져?"

그렇다.

지옥문이 부서지고 있는 것이다.

왜?

어떻게?

지옥문은 열릴 수는 있어도 부서질 수는 없다.

그렇지 않은가?

설마 꿈을 꾸고 있는 걸까?

그들이 보는 광경은 꿈속에서도 나올 리가 없었다.

지옥문이 부서진다는 건, 상상조차 할 수 없던 일이니까.

콰르르르르르.

조각난 지옥문이 힘없이 무너져 내린다.

동시에 흙먼지가 구름처럼 일어나 모든 것을 채워 버렸다.

사람들은 기침을 하며 소매로 얼굴을 가리거나, 몸을 낮췄다.

천마재생

잠시 후, 먼지구름은 흩어지고 나서야 사람들은 일제히 일어나 남문을 향해 시선을 모았다.

"지옥문이……, 지옥문이!"

없다.

역시나 꿈이 아니었다.

그들이 태어났을 때부터 버티고 있었던 그 지옥문이 보이지 않았다.

대신 조각난 잔재만이 바닥을 채우고 있을 뿐이었다.

대체 무슨 일이 벌어지려는 걸까?

그때였다.

사라진 문 너머에서 누군가 들어서고 있다.

네 명의 사내였다.

지옥문을 열고, 아니 부수도 들어온 낯선 사내들.

대체 정체가 뭘까?

네 명의 사내는 자신들을 향한 시선 따위는 보이지 않는다는 듯 그저 앞으로만 걸음을 옮겼다.

본초국의 제후가 거주하는 왕궁을 향하여.

†

수라천마 장후의 걸음은 한가했다.

그의 뒤를 따르는 괴겁마령과 신검, 철리패 역시 마찬

가지였다.

그렇기에 그들의 모습은 시골에서 막 상경하여 도성을 구경하는 촌부같이 어수룩해 보였다.

아니, 뭐 할 일이 없나 하고 집을 나와 도성을 찾아온 한량 같기도 했다.

하지만 그들이 지옥문이라고 불리는 화천의 남문을 부수고 들어왔음을 아는 주가희로서는 그들의 모습은 무섭게만 보였다.

그들의 모습을 가만히 지켜보던 주가희는 무슨 생각이 들었는지, 달려와 선두에서 걷는 장후의 옆으로 다가왔다.

"멈춰요!"

장후는 슬쩍 눈동자만을 돌렸다.

"왜?"

"위험해요! 이제 곧 군사가 도착할 거예요. 준비를 해야 해요."

"준비?"

장후는 코웃음 쳤다.

"우리는 이곳으로 떠나기 전에 먼저 돌아갈 곳이 없애 버렸지."

돌아갈 곳이 없다.

슬픈 말이다.

그런데 왜 갑자기 그런 뜬금없는 말로 화제를 돌리는 걸까?

장후가 눈동자를 앞으로 돌리고 말을 이었다.

"그러니 얼마나 많은 준비를 했을까?"

그 말에 깃든 의미를 알 수는 없지만, 무게감을 느낄 수가 있기에 주가희는 숨이 막힐 듯했다.

하지만 이들의 준비라는 게 고작 네 명이 분초국의 도성인 화천을 장악하겠다는 것이라면, 다시 준비해야 한다고 말할 수밖에 없었다.

주가희가 말했다.

"왕궁이 어딘지는 아나요? 제가 안내할 테니까 조금만 여유를……."

장후가 턱 끝으로 앞을 가리켰다.

"필요 없다. 저기잖아."

말마따나, 그들의 걷고 있는 대로의 끝에 본초국의 왕궁이 자리해 있었다.

화천의 남문은 출정식을 벌어지는 장소이기에 왕궁에서 남문까지 넓고 화려한 대로로 이어져 있었다.

그렇기에 그들이 걷고 있는 이곳에서도 왕궁의 모습을 제대로 확실히 보였다.

주가희는 다급한 마음에 말을 잘못 꺼냈다고 자책하며, 말을 바꾸었다.

"저기에는 수천의 정예로 이루어진 군대가 있다고요."

아니나 다를까이다.

남문이 무너졌다는 소식이 닿았는지, 왕궁의 문이 열리는 모습이 보였다.

그 사이로 삐쭉삐쭉하게 솟은 수십 개의 창이 모습을 드러냈다.

창을 쥐고 있는 이들은 붉은 투구와 갑옷을 입고 있었다. 그들이 탄 말 역시 붉은 안장과 마갑에 덮여 있었다.

"최악이군."

본초국의 왕궁을 지키는 정예 중에서도 최강으로 이루어진 집단, 화천위(火川衛)가 분명했다.

이해할 수가 없었다.

화천위는 오직 본초국을 다스리는 제후, 지극화천의 친위대이다.

즉, 지극화천 한 사람 만이 명령을 내릴 수 있다는 거다.

남문이 무너졌다는 소식이 왕궁에 닿았더라도, 지극화천이 심각성을 깨닫고 화천위에게 나서라는 명령을 내리기까지는 상당한 절차가 필요했다.

아무리 짧아도 반나절은 걸린다.

그런데 화천위가 나선다?

더욱이 무장까지 모두 갖추어 입고?

미리 기다리고 있지 않고서야 저럴 리는 없을 텐데……

그 사이, 왕궁의 문이 활짝 열렸다.

그러자 기다렸다는 듯 화천위가 타고 있는 말이 거칠게 울부짖으며 달려오기 시작했다.

두두두두두두두두.

땅이 무너져 내릴 듯하다.

수십 기의 인마가 달려오는 모습은 실로 위압적이었다.

주가희는 크게 외쳤다.

"도망쳐야 해요!"

하지만 장후는 관람하는 듯이 한가로운 표정으로 달려오는 화천위를 바라만 볼 뿐이었다.

"군대라."

그러더니 빙긋 웃는다.

"우리도 군대는 있지."

그러자 기다렸다는 듯 검게 물든 사내, 괴겁마령이 장후의 뒤에서 빠져나와 앞으로 걸어갔다.

주가희의 눈매가 부들부들 떨렸다.

'뭐지?'

군대가 어디 있다고?

지금 장난을 칠 때인가?

그때였다.

화르르르.

괴겁마령이 펼쳐지듯 늘어나며 장막과 같이 변해갔다.

순간 깜짝 놀란 주가희는 자신도 모르게 경계하며 자세를 낮췄다.

괴겁마령이 괴이하게도 장막으로 변하였기 때문만은 아니었다.

검은 장막에서 흘러나오는 지독히 불길하고 사이한 기운 때문이었다.

마치 아무리 허우적거려도 빠져 나올 수 없는 늪을 연상케 한다.

그 사이 화천위는 그들이 서 있는 자리에서 이십여 장 앞까지 이르렀다.

그때였다.

검은 장막의 표면에 수십, 수백 개의 붉은 점이 맺혔다.

눈동자.

그건 눈동자처럼 보였다.

으르르르르르르릉.

굶주린 짐승이 위협할 때나 낼 듯한 기음이 흘러나온다.

그 순간 장후가 속삭이듯 말했다.

"길이 비좁구나."

그 순간 검은 장막 속에서 불덩이가 마구 튀어나왔다.

늑대.

그것은 화염으로 이루어진 늑대였다.

주가희는 파르르 떨며 중얼거렸다.

"뭐, 뭐야. 이건."

늑대 무리는 화천위를 향해 질주했다.

"으아아아아악!"

"커헉!"

화천위의 비명과 고함이 쏟아진다.

그들을 태운 말은 두려움을 참지 못해 울부짖으며 마구 요동쳤다.

화염의 늑대들은 그 위를 올라타 물어뜯으며, 기쁨의 환호를 질러댔다.

불꽃이 넘실거린다.

매캐한 연기와 함께 살이 타오르는 역한 냄새가 대로를 가득 메운다.

장후는 피식 웃더니 멈췄던 걸음을 옮겼다.

그의 걸음에 맞춰 검은 장막에서 뛰어나온 늑대 떼가 호위하듯이 길을 열었다.

화천위는 재가 되어 흩어졌고, 그 사이를 장후가 당연하다는 듯이 걸어갔다.

그 뒤를 또 당연하다는 듯이 철리패와 신검이 따랐다.

하지만 주가희는 움직일 수가 없었다.

이 사내들은 대체 뭘까?

홍화국을 무너트리고 세상을 구하기 위해 온 영웅들?

아니다.

이들은 그렇게 순수하고 아름다운 희망의 산물이 아니다.

이들은 더럽고, 악하며, 무서운 것이다.

'악몽같아.'

하지만 봐야만 하다.

이 악몽에서 어떻게 깨어날지를 알아야 한다.

주가희는 그렇게 다짐하며, 장후의 일행을 쫓아 달려갔다.

화염의 늑대들이 그녀 역시도 호위하듯 맴돌며 길을 열어주었다.

그때였다.

주가희는 장후의 어깨너머 왕궁의 문이 닫히고 있는 광경을 볼 수 있었다.

"달려요! 저 문은 한 번 닫히면 열 수가 없어요!"

주가희가 다급히 외쳤지만, 장후는 서두를 생각이 없는지, 한가로운 걸음을 유지했다.

답답한 마음에 다시 재촉하려 했지만, 이미 왕궁의 정문은 닫혀 버렸다.

주가희는 하려던 말 대신에 안타까운 한 숨이 흘렸다.

그 순간, 장후가 말했다.

"내게는 충차(衝車)도 있지."

충차란, 성의 문이나 벽을 부숴 열기 위해 만들어진 공성병기이다.

하지만 그녀의 시선이 닿는 곳에는 장후라는 사내와 신검, 철리패만이 보일 뿐이었다.

장후가 슬쩍 고개를 돌려 철리패를 바라보았다.

그러자 철리패가 목을 좌우로 꺾으며, 앞으로 나섰다.

그리고 하나 뿐인 팔을 가볍게 휘돌리며 성문을 노려본다.

철리패가 말했다.

"어디까지 뚫을까요?"

장후가 피식 웃었다.

"네 속이 시원할 때까지."

철리패는 원하던 답이라는 듯 송곳니를 드러내며 웃었다.

"허허허허헛. 지극화천이라는 놈의 얼굴을 못 보실 수도 있습니다."

"뭐, 나쁘지 않아."

"그러시다면야."

철리패가 하나 뿐인 손을 주먹 쥐더니, 왕궁을 향해 달려 나갔다.

잠시 만에 그는 왕궁의 앞에 이르렀고, 성문을 향해 주먹을 내질렀다.

콰아아아아아아아아아앙!

굉음과 함께 성문이 부서져 내렸다.

주가희는 놀라 입을 쩍 벌렸다.

'단 한 주먹에?'

철리패는 멈추지 않고, 뚫린 문 안으로 사라졌다.

콰아아앙!

굉음이 계속 터져 나온다.

그가 왕궁 안에서 무엇을 하고 있는지를 알 수 있을 듯했다.

주가희는 천천히 고개를 돌려 장후를 바라보았다.

'이 사람, 정말이었어.'

정말 고작 네 명만으로 이 나라, 본초국을 무너트리려는 거였다!

장후가 그녀의 생각을 읽었는지 빙긋 웃으며 말했다.

"전초전(前哨戰)에 불과한데, 그렇게 놀라면 쓰나."

그러며 그는 계속 앞으로 걸어갔다.

그의 앞을 가로막는 건 아무것도 없었다.

第百二十八章.

역시 괜찮아

第百二十八章.

역시 괜찮아

귀가 찢어질 듯이 날카롭고 강렬한 굉음이 쏟아진다.

처절한 비명과 고함이 앞뒤좌우에서 터져 나온다.

핏물이 비처럼 쏟아지고, 잘린 팔다리와 살점이 날아다
닌다.

검은 매연이 안개처럼 자욱하고, 살이 타는 냄새는 콧속
을 찌르듯 스며들어와 머리가 어지러울 지경이다.

이것이 바로 전쟁이다.

이것이 바로 오직 사람만이 만들어낼 수 있는 전쟁이라
는 지옥이다.

주가희의 가문은 홍화국을 전복시키겠다는 꿈을 품었었
고, 그 꿈은 그녀에게까지 이어져 치열하고 힘겨운 싸움을

지속해 왔었다.

그녀는 항상 최선을 다했다. 할 수 있는 건 뭐든 했고, 하지 말아야 할 것도 어쩔 수 없이 해왔다.

그런데 이제 보니 아니었다.

이런 지독한 짓은 해본 적이 없다.

아니, 상상조차 할 수도 없었다.

눈을 둘 곳을 찾을 수가 없다.

보이는 모든 광경이 너무나 잔혹하다.

하지만 그보다는 머릿속에 떠오르는 한 가지 질문 때문에 더 괴롭다.

'이런 게 바로 전쟁이라면, 난 지금껏 무엇을 해왔던 걸까?'

그녀는 이 질문에 답을 내릴 수가 없었다.

그저 괴롭기만 할 뿐이었다.

아니다.

이 참혹한 지옥 한 가운데에서 여유롭게 이딴 고민을 할 수 있다는 것만으로 만족해야 한다.

장후와 그녀, 그리고 신검이라는 사내 주변만이 한가로웠다.

마치 태풍의 눈이라고 불리는 중심부처럼 말이다.

화염의 늑대들이 알아서 주변을 정리하여 주고 있기 때문이었다.

어느새 그들은 외궁을 지나, 본초국의 제후인 지극화천과 각료만이 출입할 수 있는 내궁 앞에 이르러 있었다.

주가희는 침을 꿀꺽 삼켰다.

'내궁으로 들어가는 거야?'

본초국의 내궁은 그녀도 처음이었다.

본초국의 외궁까지는 내통자와의 접선이나 본초국 왕궁의 동정을 살피기 위해 잠입한 적은 몇 번 있었다.

하지만 내궁은 무리였다.

몇 번 수하들이 잠입을 시도했지만, 반나절도 되지 않아 시체가 왕궁 앞에 걸릴 뿐이었다.

그런 내궁의 문이 뻥 뚫려 있다.

그 안쪽에서도 역시 비명과 고함이 터져 나오고 있었다.

외팔의 노인, 철리패가 이미 내궁 안까지 진입했다는 뜻이었다.

'엄청나구나!'

오직 한 사람의 무력으로 내궁까지 진입하다니!

과거 홍화국 안에서 열 손가락 안에 드는 고수라고 일컬어지던 그녀의 부친이라고 해도 저럴 수 있었을까?

저럴 수 있었을 것이라고 해도, 저러지는 않았을 거다.

"돌아갈 곳을 남기지 않아서 저럴 수 있는 걸까?"

그녀가 저도 모르게 속삭이는 말을 들었는지 장후가 대꾸해 주었다.

"아니. 그저 강하기 때문이야."

"강하기 때문이다?"

"그래. 철리패는 강하다. 그렇다고 하여도 항상 이긴 건 아니야. 살아오며 몇 번의 패배를 겪었지."

뒤편에서 따라 걷는 신검이 오랜만에 입을 열었다.

"그 몇 번 중 대부분이 당신을 통해서였지요."

장후가 피식 웃었다.

"그래. 맞다. 놈은 패배를 잘 알아. 비슷한 수준의 녀석들 중에서 그 누구보다 패배를 많이 겪었지. 그렇기에 강한 거다."

"패배를 알기에 더 강하다?"

"그래. 패배를 알고 있음에도 놈은 일어섰다. 그리고 다시 달려든다. 놈은 죽지 않는 패배를 배웠고, 죽음보다 힘겨운 패배 역시 배웠다. 그렇기에 놈은 패배를 두려워한다. 항상 이기려 한다. 그렇지만 항상 이길 수 없다는 것 또한 잘 안다. 그렇기에 놈은 강하다."

주가희는 고개를 저었다.

"아니요. 당신이 틀렸습니다. 패배를 안다고 하여 강하지는 않습니다."

장후가 슬쩍 그녀에게로 고개를 돌렸다.

감정이 느껴지지 않는 눈동자.

무섭다.

하지만 주가희는 그의 눈길을 피하지 않고, 똑바로 마주 대하며 말했다.

"패배를 잘 안다는 건, 그저 굴욕과 좌절에 익숙해진다는 것뿐입니다. 그렇다고 해서 결코 강해지지는 않아요. 제가 아는 한 그래요."

장후가 피식 웃었다.

"내 말을 알아듣지 못하는 군. 언어의 차이가 아니니, 살아온 방식의 차이겠지."

주가희가 이를 악물었다. 조롱을 당한 기분이었다.

장후가 말했다.

"알아듣기 쉽게 설명해주지. 네 말은 패배를 잘 아는 게 아니라, 그저 패배에 익숙해진다는 것이다. 그러니까 철리패는 패배를 잘 알고, 넌 패배에 익숙해진 거지."

역시 조롱이었다.

"패배를 알아간다는 것. 그건 패배하기가 싫어 회피하겠다는 것이 아니다. 오히려 더 혹독하고 거칠게 전장으로 자신을 몰아붙이는 것이지. 그럼으로써 다시 패배를 겪고 굴복하며 좌절하게 되겠지만, 다시 일어나는 거다. 그것이 패배를 알아간다는 것이지. 그리고 알아낸 거다. 저렇게."

"저희도 그래요!"

주가희가 발끈하여 외친 말에 장후는 살짝 고개를 저었다.

"아니. 너희는 패배에 익숙해진 것뿐이야. 그러니 그저 싸우는 시늉만 했겠지. 패하지 않기 위해, 지지 않은 짓만 해왔던 것이야."

"그렇지 않습니다! 그 말씀 거두어 주십시오!"

장후가 그녀에게서 시선을 떼어내고 주변을 찬찬히 둘러보았다.

"보아라."

주가희는 장후의 시선을 쫓아 주변을 찬찬히 둘러보았다.

보이는 모든 게 무너지고 있었다.

본초국의 왕궁은 이미 절반 쯤 허물어져 있었다.

그녀의 가문이 수대를 넘도록 꿈꾸기만 했을 뿐, 이룬 적 없는 역사였다.

그 역사를 고작 네 명이 이루어내고 있었다.

장후가 말했다.

"이렇게 쉽다."

주가희는 뭐라고 항변하려 했지만, 그 전에 장후가 먼저 말을 이어갔다.

"우리가 대단한 모략을 갖추었다고 하지 마라. 우리는 그저 와서 부쉈을 뿐이다. 우리가 대단히 강해서라고 말하지도 마라. 우리는 고작 네 명일 뿐이다. 아무 말도 하지 마라. 모두가 비겁한 변명일 뿐이니까."

주가희는 입을 다물 수밖에 없었다. 인정하기 싫지만, 인정할 수밖에 없었다.

"이런 게 가능했던 이유는 아주 간단해. 너희와 우리의 차이는 아주 단순하다. 너희는 하지 않았고, 우리는 한 것 뿐이야. 너희는 패배에 질렸고, 우리는 패배를 아는 것뿐이다."

주가희는 이를 빠드득 갈았다. 눈물이 날 것 같았다.

하지만 울 수는 없었다.

그랬다가는 수대에 걸쳐 행해왔던 가문의 노력과 그녀 자신의 삶을 스스로 부정하는 것 같아서였다.

하지만 장후는 가차 없었다.

"너희는 쉽고 편한 삶을 택했기에 어렵게 살았다. 우리는 어렵고 고단한 방식을 택했기에 이렇게 쉽게 가는 거다."

주가희의 얼굴이 새빨갛게 물들었다. 그리고 끓어오른 분노를 뿜어내려 입을 크게 벌렸다.

그때였다.

콰아아아아아아아아아아아아앙!

내궁 안쪽에서 지금까지와는 비교할 수 없을 정도로 우렁찬 굉음이 터져 나와 그녀의 입을 막았다.

동시에 땅이 흔들리고, 하늘이 일렁거렸다.

"크하하하하하하하합!"

우렁찬 포효성!

철리패의 목소리였다.

그에 호응하듯 우렁찬 기합이 터져 나온다.

"으아아아아아아압!"

철리패의 포효에 못지않은 위압이 느껴지는 외침이었다.

콰아아아아아아아아아아앙!

다시 폭음이 터져 나왔고, 땅과 하늘이 흔들렸다.

장후가 눈을 얇게 좁히며 속삭이듯 말했다.

"막혔군."

그러자, 신검이 입을 열었다.

"제가 나설 차례가 된 것 같군요."

장후가 슬쩍 고개를 돌려 그를 돌아보며 피식 웃었다.

"꼭 밥상을 다 차리고 나서야 식탁에 달려드는구나."

신검이 빙긋 웃었다.

"음식이 나왔으니 먹기 좋게 잘라서 나누어 주려는 것뿐이외다."

"하지만 가장 큰 덩어리는 네 차지겠지?"

"오늘만 먹고 말 건 아니지 않소. 내일도 식탁에 요리가 쌓일 것 아니오?"

장후가 미소를 지으며 고개를 끄덕였다.

"그렇지. 이 땅은 풍요로우니까. 내일도 먹거리는 넘치겠지."

"그런데 뭘 그리 야박하게 구시오? 조금 더 먹겠다고 배부를 건 아니잖소. 조금 덜 먹었다고 배고플 것도 아니고."

장후가 절레절레 고개를 저었다.

그러며 주가희를 향해 고개를 돌려 말했다.

"이런다."

주가희가 속삭이듯 말했다.

"무섭네요."

그 사이 장후와 주가희, 신검은 내궁의 문턱을 넘어서고 있었다.

난장판이었다.

수백 개의 화포가 쏟아진 것처럼 청석 바닥은 깨어지고 부서져 있었다. 또한 크고 작은 구덩이가 가득했다.

그 사이로 수를 셀 수 없을 만큼 많은 시체가 널브러져 있다.

아니, 시체라고 할 수는 없었다.

살덩이라고 해야 옳은 듯했다.

제대로 사람의 형태를 유지하고 있는 게 보이지 않았으니까.

철리패의 싸움이 어떠했는지를 엿볼 수 있는 광경이었다.

하지만 주가희와는 달리 장후와 신검은 한 번 둘러보지 않고 계속 앞을 향해 걸음을 옮겼다.

그렇게 대전을 지나쳐 제후의 친인척만이 출입할 수 있는 내전으로 향했다.

격돌의 굉음과 우렁찬 기합성은 그곳에서 터져 나오고 있었다.

드디어 철리패가 보였다.

그의 주변 세 명의 노인이 있었다.

철리패가 입고 있는 의복은 찢기고 갈라져 무쇠같은 근육을 드러내 보였다.

그의 몸은 상처로 가득했다. 그 중에는 위중해 보이는 부상도 제법 있었다.

그럼에도 철리패의 움직임은 먹잇감을 노리는 맹수처럼 광폭하기만 했다.

하지만 그를 둘러싼 세 명의 노인은 맹수를 잡으려는 사냥꾼처럼 능숙하게 대처하고 있었다.

실로 놀라운 대결이었다.

주가희는 그저 바라볼 수밖에 없었다.

목숨이 오가는 한 수를 가볍게 던지고, 가볍게 빠져 나온다.

의미를 알 수 없는 동작에도 열 수 앞을 내다보는 현묘함이 느껴졌다.

지금 생사를 겨루면서, 조금 후의 생사까지 준비한다.

'사람이 이렇게도 강할 수가 있구나.'

보지 못했다면 있을 리 없다고 여겨졌을 정도의 공격과 방어의 연속이었다.

장후가 말했다.

"제법 먹음직한 놈들이군."

신검이 말했다.

"그렇구려. 그런데 저기 가운데 녀석이 쓰는 무공, 눈에 좀 익습니다."

장후가 말했다.

"천종서열 삼십구위, 귀명도장(鬼鳴刀匠) 섭리중(燮鯉仲)."

신검이 말을 받았다.

"역시 이백년 쯤 전에 천하제일도라고 불리던 귀명도장의 귀명살도(鬼鳴殺刀)가 맞군요."

그러며 한 걸음 나서며 말했다.

"당시 우리 진무하가의 가주께서 귀명살도에 목숨을 잃었지요."

장후가 말했다.

"그래, 저놈이 섭리중이다."

섭리중은 이백 년 전에 강호공적으로 몰려 쫓기다가 이백 명의 정파고수의 합공을 받고 죽었다.

그런데 섭리중이 이곳에 있다?

이백년 전에 죽은 그가?

신검이 말했다.

"정말 놈들은 사람을 되살리는 군요."

장후는 고개를 끄덕였다.

"시천마라는 녀석은 사람을 가지고 논다. 짐작한 대로야. 자은마맥이 여인을 납치하여 아이를 잉태시켜 전력을 충당하는 방식과 천금종인이 천마도에서 만들어둔 병기제조시설. 묘한 공통점이 있었지. 모두 사람을 병기로 제조한다는 거야. 시천마의 지류가 모두 그러한 방식으로 병력을 만든다. 그렇다면 그게 어디서 나왔을까?"

신검이 속삭였다.

"시천마."

장후가 고개를 끄덕였다.

"그래, 시천마이다. 놈은 제멋대로 생명을 가지고 논다. 마음대로 다시 만들어 붙이고 자르고 하는 게야. 천종서열? 한 시대를 풍미한 무학종사들의 서열. 현 시대를 살아가는 우리를 제외하고 이미 죽어버린 과거의 인물들은 이 땅에 있을 것이다. 오래 전에 죽었다는 이들은 되살리거나 다시 만들었겠지. 저 놈들처럼."

옆에서 그들의 대화를 듣던 주가희가 말했다.

"무슨 말씀이신지는 모르겠지만, 이 말씀은 드려야 겠군요. 우리 홍화국을 다스리는 신, 홍화신은 사람을 만들어요. 저들 홍화무장(紅花武將)은 그 분이 만든 이들이죠."

장후가 고개를 끄덕였다.

"그렇군."

신검이 거의 동시에 고개를 끄덕였다.

"그렇군. 당신들의 천마는 역시 사람을 되살리는 구려."

그러더니 무슨 생각이 들었는지 장후를 돌아보며 슬며시 웃는다.

"하지만 우리의 천마는……."

장후가 그가 무슨 말을 하려 했는지를 미리 알았는지, 바로 이어 받았다.

"사람을 없에지."

그러며 신검은 검을 앞으로 내밀며 말했다.

"그리고 나는 천마의 검이라오."

쉬익!

신검이 자신의 검과 함께 날았다.

그 모습을 보며 장후가 주가희에게 설명하듯 말했다.

"내 검은 아주 날카롭지. 잘못 잡으면 주인까지 벨 정도니까."

그때였다.

서걱.

장후의 설명이 옳다는 것을 증명하는 듯, 철리패와 맞서 싸우던 세 명의 노인 중 한 명의 팔이 신검에게 잘려 떨어지고 있었다.

그 광경을 보던 장후가 피식 웃었다.

"아니군. 제대로 잡아도 베이겠구나."

†

홍화무장.

이 나라를 지배하는 신, 홍화신의 직속무장들.

아니, 홍화신의 자식들이라고 해야 할까?

홍화신의 손에 의해 빚어진 생명이니까.

홍화무장의 수가 몇이나 되는지는 아무도 모른다.

그리고 그들이 얼마나 강한지도 아무도 모른다.

그들은 한 명 한 명이 최소 정예병력 천 명이상의 전력을 갖추고 있다.

쉽게 말해 홍화무장은 모두가 천하제일이라도 불려 마땅할 고수라는 것이다.

그렇기에 이 나라의 고수를 열거할 때는 언제나 홍화무장을 제외한다.

그들이 정말 그렇게 강하냐고?

이리 말하면 알아들을까?

과거 이 나라에서 열 손가락 안에 드는 고수라고 불렸던 주가희의 아버지조차도 한 명의 홍화무장에 패한 후, 그 부상을 회복하고자 수년 동안 숨어 있어야 했다.

더구나 들리던 얘기대로라면 그녀의 아버지를 패퇴시켰던 홍화무장은 그들 중에서 하급에 속한다고 하였다.

홍화무장의 무서움을 알려주는 일화로써 홍화국 내에 파다하게 퍼져있는 이야기이다.

홍화무장은 이 미친 신의 나라 홍화국을 지탱하는 근간이다.

홍화무장을 없애야 홍화국을 무너트릴 수 있다.

그렇기에 주가희는 오랫동안 홍화무장의 숫자와 실력, 그리고 그들이 주거하는 위치를 알아내려 노력했다.

하지만 밝혀낼 수 있는 건 별로 없었다.

고작 세 가지 뿐이었다.

첫 번째는 홍화무장은 무적이라는 것.

두 번째는 홍화무장의 적수가 될 수 있는 존재는 같은 홍화무장 밖에 없다는 것.

그리고 마지막으로 세 번째는 홍화무장의 수는 대략 구백 명 내외라는 것.

그쯤에서 주가희는 모든 것을 놓았다.

홍화무장의 수가 열 명 정도 된다면, 극복해내겠다고 다짐할 것이다.

한 쉰 명 정도가 된다고 한다면, 지금은 포기하지만 미래를 꿈꾸며 헌신할 것이었다.

그런데 무려 구백 명 내외이다.

이 나라는 무너지지 않는다.

그렇기에 주가희는 이 나라를 전복하겠다는 비원을 자신과 함께 바다 속에 던져버리려 했었다.

그런데 홍화무장이 죽어가고 있다.

함정이 아닌, 대결을 통해서…….

'신검이라고 했나?'

백발의 청년, 신검의 동작은 너무도 아름다웠다.

마치 화려한 춤사위만 같았다.

그래,. 저건 검무(劍舞)였다.

하지만 그 앞에 선 이들에게는 지옥의 손길이지 않을까?

서걱, 서걱, 서걱.

핏물이 튀어 오른다.

신검의 검이 움직일 때마다 홍화무장들의 몸이 갈라지며 핏물이 뿜었다.

특히 세 명의 홍화무장 중 귀명도장 섭리중이라는 자는 만신창이였다. 팔 한 쪽과 다리 한 쪽이 보이지 않았다.

유독 그에게 신검의 검이 더 많이 자주 향했기 때문이었다.

격전의 현장에서 물러난 철리패가 신검을 향해 외쳤다.

"이제 쉴 만큼 쉬었으니, 그만 교대하지."

신검이 빙긋 웃으며 몸을 휘돌렸다.

서걱.

섭리중의 머리가 잘려 떨어져 내린다.

푹, 푹!

남은 두 홍화무장의 심장부위에 둥근 구멍이 생겼다.

그제야 신검은 나비처럼 하늘거리며 날아 철리패의 옆에 내려섰다.

"자. 이제 교대하세."

그러자 철리패의 눈매가 꿈틀거렸다.

신검은 빙긋 웃으며 몸을 돌려 장후의 곁으로 걸어갔다.

철리패는 주먹을 꼭 쥐며, 신검의 뒤통수를 노려보았다. 당장에 주먹을 휘둘러 머리통을 부숴버리겠다는 듯한 눈빛이었다.

하지만 어쩔 수 없다는 듯 한숨을 쉬며 그 역시도 장후를 향해 걸음을 옮겼다.

그러는 동안 주가희는 멍하니 홍화무장의 시체를 바라만 보았다.

그녀의 가문은 오랜 세월 홍화국과 싸워왔지만, 지금껏 단 한 명의 홍화무장도 제거할 수 없었다.

오히려 홍화무장이 나타났다는 이야기만 들어도 하던 일을 멈추고 몸을 돌려 도망쳤어야 했다.

홍화무장이라는 네 글자가 퇴각의 신호로 사용되었을 정도였다.

253

그런데 홍화무장이 죽어 있다.

아니, 토막나 있다.

그것도 무려 세 명씩이나.

기쁘다기보다는 허탈함이 앞섰다.

하지만 목숨의 가치란 입장에 따라 다른 법이라던가?

주가희에게 홍화무장의 죽음은 허탈하리만큼 충격적인 사건이었지만, 장후 일행에게는 굴러다니는 자갈만큼도 못한가 보다.

장후는 눈길 한 번 두지 않은 채 다시 걸음을 옮겼고, 철리패와 신검은 그의 뒤를 따라 걸었다.

하기에 주가희는 어쩔 수 없이 홍화무장의 시체에서 눈을 떼고 그들의 뒤를 따라야만 했다.

이제 남은 건 이 본초국을 다스리는 제후, 지극화천이 정사를 보는 성초전(聖礎殿).

바로 앞쪽 멀리 보이는 대전이었다.

저 안에 분명 지극화천이 있을 것이다.

이 위협을 피해 도망쳤으리라는 생각은 하지 않았다.

지극화천의 성정은 사특하고 악랄하지만, 한 나라의 왕으로써의 책임을 외면하는 사람은 아니었다.

왕이 된 자는 궁을 버리고 도주해서는 아니 된다.

지배하는 자는 나무처럼 뿌리는 내려야 하며, 온갖 풍화가 닥친다 하여도 버티어야 하는 것이다.

지극화천은 그러한 정도는 되는 인물이다.

대신 장후 일행을 상대로 협상을 하려 하겠지.

'아! 그럴 지도 모르겠어.'

주가희는 문득 스친 생각에 장후의 등을 노려보았다.

장후가 갑자기 이 나라의 도성인 화천을 급습한 것은 유리한 협상을 이끌어내기 위한 사전작업일 것이라는 생각이 들었다.

'그래, 그럴 거야.'

이들이 아무리 강하다고 해도, 이 홍화국을 상대로 전쟁을 벌이는 건 무리였다.

급습을 통해 자신들의 얼마나 세력과 실력을 알리고, 이 나라에 자리를 잡기 위해 교섭 정도가 아니라 아예 협상의 자리를 마련하려는 건지도 모른다.

'그렇다면 성공적이라고 봐야 하나?'

물론 언젠가는 전쟁을 벌여 이 나라를 차지하려는 속셈이 있는 건지도 모르겠지.

하지만 우선 터전을 만들어야 함이다.

'어쩌면 이들은 우리에게 홍화신 보다 위험한 적이 될 지도 모르겠어.'

그러는 사이, 그들은 본초국 제후가 정사를 보는 대전, 성초전의 문 앞에 이르렀다.

대전 안, 수십 명의 무인이 날카로운 병장기를 뽑아든

255

채 서 있었다.

하지만 그들의 자세는 장후의 목을 노리고 달려들려는 것 같지는 않았다.

부들부들 떨고 있는 것이 장후 일행이 다가가면 병장기를 던져버리고 납작 엎드려 살려달라며 빌어댈 것 만 같았다.

장후의 시선은 그들이 아닌 그들의 너머 짙은 그늘 저편 벽면, 이십여 개의 계단 위에 놓여 있는 보좌(寶座)를 바라보았다.

그 위에 누군가가 팔로 턱을 궤고 앉아, 마주 보고 있었다.

주가희는 장후의 시선을 쫓아 그 사내를 바라보았다.

"지극화천."

이 나라 본초국을 다르시는 패왕!

바로 그였다.

그는 이 상황에도 믿는 구석이 있는지 여유로운 미소를 머금고 있었다.

마치 재미난 장난감을 본다는 표정이었다.

장후가 한 걸음을 내딛어 성초전 안으로 들어서자, 그의 앞을 막은 병사들이 모두 움찔했다.

그때였다.

"비켜 주어라."

지극화천의 위엄이 가득한 목소리가 성초전 안을 가득 메운다.

그러자 병사들이 병장기를 내리고 양옆으로 갈라섰다.

장후는 당연하다는 듯 그들 사이를 걸어 나갔다.

지극화천이 다가오는 장후를 향해 말했다.

"듣던 것보다 대단하구나."

주가희가 눈매를 좁혔다.

'듣던 것 보다 대단해? 역시 이 장후라는 사람을 알고 있었구나.'

성문이 뚫린지 얼마 되지 않아 무장을 완비한 채로 뛰쳐나왔던 화천위들.

그리고 홍화신의 허락이 없이는 직례국을 떠나지 않는 홍화신장이 셋이나 이 왕궁에 있었다.

분명 급습이 있을 것을 알고 있었거나, 반대로 전쟁을 벌이기 위한 준비를 하던 중이었다고 볼 수밖에 없었다.

장후가 말했다.

"제법 괜찮아 보이는 군."

지극화천이 비릿한 미소를 머금었다.

"그런가? 칭찬이라고 받아들이지. 좋아. 당신도 나쁘지 않아. 그 정도면 식탁에 앉을만한 자격이 있어."

장후는 계속 그를 향해 걸음을 옮겼다.

지극화천이 말했다.

천마재생

"염황과 나. 그리고 제후 몇 명이 함께 일을 하나 꾸미고 있다. 오래 준비를 했지만, 젓가락만 많지 칼이 없어. 당신이 칼이 되어주었으면 하네. 들어보겠는가?"

장후는 대꾸치 않았다. 그저 그를 향해 계속 다가가기만 했다.

하지만 지극화천은 그가 관심이 있다고 여기는지 말을 이었다.

"이 나라, 제법 괜찮아. 다만 너무 고여 있어. 고인 물은 썩기 마련이지. 썩도록 방치하는 건, 왕이 된 자로써 안 될 일이고. 그래서 우리는 한 번 뒤집으려 하네. 그러기 위해서는 손이 좀 더 필요한데, 당신이라면 충분히……, 어이. 듣고 있나?"

그 사이 장후는 계단을 올라 지극화천의 앞에 이르렀다.

장후가 그를 내려 보며 말한다.

"역시 괜찮아."

지극화천은 굳었던 얼굴을 풀었다.

"좋아. 그럼 자리를 한 번 주선해 보겠네. 우선 본 궁의 뒤편에 있는 별궁에서……"

푸른빛이 번쩍인다.

서걱.

날카로운 소리와 함께 빛은 사라졌고, 보좌에 앉아있던 지극화천의 머리가 보이지 않았다.

그의 머리는 장후의 오른 손에 흐뭇한 표정을 한 채로 들려 있었다.

장후는 오른 손에 들린 지극화천의 머리통을 집어던진 후, 보좌에 앉아있는 지극화천의 몸을 집어 던져 버렸다.

그리고 몸을 돌려 보좌에 앉는다.

"역시 괜찮아."

그제야 주가희는 알 수 있었다.

장후가 했던 괜찮다는 것이 지극화천이 아니라, 그가 앉아있던 보좌를 뜻했던 것임을.

하지만, 이렇게 지극화천을 죽여도 되는 건가?

'협상을 하려던 게 아니었어?'

엿들은 얘기대로라면, 협상을 하고자 했던 건 장후가 아니라 오히려 지극화천이었다.

지극화천은 언제나 강자였기에 밟고 짓누르기만 했을 뿐, 협상 따위는 하는 인물이 아니었는데…….

'아니, 그보다는 지극화천이 죽었어.'

그리고 보니 죽었다.

지극화천이 죽은 거다.

저렇게 볼품없이 죽고만 거다.

주가희의 입매가 씰룩거렸다.

웃긴다.

하지만 웃음이 나지는 않았다.

오히려 눈물이 났다.

그녀가 지극화천의 죽음을 받아들일 때 쯤, 성초전의 양측으로 나뉘어 서 있던 병사들 역시도 깨달은 모양이다.

"왕께서 승하하셨다!"

"저, 적도의 손에 죽임을 당하셨다!"

하지만 그들은 그렇게 외쳐댈 뿐, 장후를 향해 달려들지는 않았다.

오히려 뒤뚱뒤뚱 뒤로 물러나더니, 성초전의 문 밖으로 빠져 나갔다.

그러든 말든 장후는 보좌의 팔걸이를 쓰다듬으며 만족스럽다는 미소를 머금었다.

그리고 나서야 신검과 철리패를 향해 말했다.

"여기서 우선 여독을 풀도록 하자. 애들을 불러. 그 전에 지저분한 바닥은 정리해야 애들이 좀 편안히 눕겠지?"

신검과 철리패는 알았다며 고개를 끄덕인 후, 몸을 돌려 성초전을 벗어났다.

잠시 후, 성초전 밖에서 비명과 고함이 터져 나왔다.

성초전 안에 홀로 남겨진 주가희는 멍하니 보좌에 앉은 장후만을 바라보았다.

그러다 어느 순간 물었다.

"당신, 정말 뭘 하러 온 거죠?"

장후가 말했다.

"말했지 않느냐. 이 나라를 무너트리러 왔다고."

그러며 귀찮다는 듯 지그시 눈을 감았다.

주가희는 그에게서 시선을 떼고 왼쪽 멀리 바닥에 놓여 있는 지극화천의 머리통을 바라보았다.

"정말이었어?"

지극화천의 머리통이 이렇게 대답하는 것만 같았다.

나를 보고도 모르겠냐고…….

천마재생

第百二十九章.

소문이 맞는 것 같다

第百二十九章.

소문이 맞는 것 같다

본초국의 도성 화천이 무너졌다.

갑자기 쳐들어온 일단의 무리는 지옥문이라고까지 불리던 화천의 남문을 부수고 들어와 화천위를 몰살시키며 왕궁으로 들어섰고, 마침 자리해 있던 세 명의 홍화무장까지 죽였단다.

그리고 지극화천의 목을 베어버리고 왕궁을 장악했다고 한다.

그러한 소문이 홍화국 내에 파다하게 퍼져 나갔다.

소문을 들은 이들은 대부분 코웃음 쳤다.

본초국의 도성이 무너져?

그럴 수 있다.

천마재생

지극화천이 죽어?

그도 그럴 수 있다.

뭐, 계집질에 매진하다가 복상사를 하였겠지.

하지만 홍화무장을 죽였다니.

그것도 세 명씩이나?

아무리 소문이라지만 말이 되어야 하지 않은가.

홍화무장은 무적이다.

이 나라가 홍화국이 생긴 이래, 홍화무장이 죽었다는 경우는 없다 했다.

아니, 있기는 했다.

일정한 기간을 두고 벌어지는 홍화무장 사이의 비무연에서 이따금 다치고 죽고는 한단다.

그런 까닭에 홍화무장은 오직 홍화무장 만이 죽일 수 있다고 말들 하는 것이다.

그런데 홍화무장이 죽었다고?

헛소리이다.

또 청염회(靑鹽會)가 병력을 모으려 거짓된 희망의 씨앗을 심으려는 것이겠지.

이처럼 눈에 보이는 거짓말을 퍼트릴 집단은 오직 그들 밖에 없으니까.

아니나 다를까, 청염회의 부회주인 주가희가 본초국의 성도 화천을 무너트린 집단을 안내했다는 소문이 뒤따랐다.

그렇기에 사람들은 귀를 닫았다.

세상은 변하지 않는다.

이 미친 신의 나라는 언제까지나 계속 될 것이다.

홍화국의 백성은 포기와 절망에 익숙했다.

거짓된 꿈을 꾸기보다는 이 지옥 속에서의 절박한 현실을 조금이라도 버티려는 노력에 익숙했다.

하지만 어찌된 일인지 소문은 점점 더 부풀고 커져갈 뿐이었다.

누군가 말했다.

정말인지도 모르겠다고…….

그렇게 희망의 씨앗은 힘겹게 싹을 키우고 있었다.

본초국의 성도 화천의 남문.

분란을 일으키는 무리를 징치하기 위한 출병식을 치를 때를 제외하고는 열리지 않기에 지옥문이라고 불렸던 그 거대한 문이 보이지 않는다.

그 앞, 도열해 있는 수백여 명의 무리들은 입을 쩍 벌린 채 보이지 않는 문을 찾아 눈동자를 이리저리 굴렸다.

아무리 찾아도 없었다.

시간이 멈춘 듯이 가만히 서서 눈동자만을 굴리고 있는 무리를 가르며 한 사내가 걸어 나왔다.

머리카락 한 톨도 보이지 않는 대머리인 데다가 목이

자라처럼 짧고 몸은 곰처럼 크며 피부색은 먹칠을 한 듯 검어서, 멀리서 보면 돌덩이로 보이지 않을까 싶었다.

돌덩이 같은 사내는 어이없다는 듯 헛웃음을 뱉으며, 낮은 목소리로 속삭였다.

"정말이었군."

소문처럼 지옥문이 사라지다니.

그렇다면 소문과 함께 전해진 내용 역시도 사실일 가능성이 높았다.

분초국의 제후, 지극화천이 죽었다는 것.

그리고 이 나라가 탄생한 이래 처음으로 홍화무장이 살해당했다는 것.

'그것도 무려 세 명이나.'

돌덩이 같은 대머리 사내는 머리를 절레절레 내저었다.

"그럴 리가 없겠지."

그 소문만은 거짓일 것이다.

대머리 사내는 홍화무장이 어떠한 존재인지를 잘 알았다.

그들은 실로 강하다.

하지만 그들이 그저 강한 것만이 아니다. 유연하기까지 하다.

나아감과 물러남을 안다.

  13

나아감을 두려워하지 않고, 물러남을 치욕스러워하지 않는다.

개개가 무적이라고 불릴만한 강대한 실력을 갖추었음에도, 능력을 과신하지 않는다.

'홍화무장은 무적이야.'

대머리 사내, 청염회의 무상(武相) 창인홍(昌刃烘)은 이 나라 홍화국에서 고수를 말할 때 손발을 다 합치면 꼭 들어가는 이름이며 청염회의 무력을 상징하는 인물이었다.

그러니 누구보다 잘 안다.

홍화무장을 알기 위해 겪어온 패배의 기억이 그의 몸에 수십 군데나 새겨져 있으니까.

특히 십여 년 전의 일화는 아직도 그를 괴롭혔다.

홍화무장을 넘지 않고서는 이 나라를 전복할 수 없다.

그렇기에 청염회에서는 어떻게 해서든 홍화무장도 살해당할 수 있다는 사실을 이 나라에 알릴 필요가 있었다.

하기에 홍화무장 중 최하위급 인사가 나왔다는 정보를 얻는 순간, 암습을 시도했다.

그때의 책임자가 창인홍이었다. 그를 포함하여 삼십여 명의 고수가 함께 나섰다.

하지만 그 결과는 참혹했다.

창인홍 외에 고작 세 명이 살아남을 수 있었다.

천마재생

그게 홍화무장이다.

그런데 세 명을 죽였다고?

'그럴 리가 없어.'

만약 사실이라면 치밀한 함정과 상당한 병력, 그리고 하늘의 도움이 있었으리라.

그 셋 중 하늘의 도움이 가장 큰 비중을 차지하겠지.

보이지 않는가.

화천의 남문이 뚫려 있다.

사람들이 제멋대로 오가는 것이 보인다.

청염회가 이곳 화천을 차지했다면 우선 어떻게든 남문을 봉쇄하고, 정보의 누출을 막았으리라.

그래야만 체제를 우선 정비하고, 다음을 계획할 수 있는 여유를 가질 수 있을 테니까.

그런데 저렇게 들어오려면 들어오고, 나가려면 나가라는 듯 방치해두고 있다니.

하나를 보면 열을 알고, 백을 엿볼 수 있는 거다.

'이토록 허술한 무리가 분초국의 제후 지극화천과 홍화무장을 셋이나 죽이고, 도성 화천을 장악했다니.'

천운이랄 수밖에 없겠지.

아니라면 그 누구든지, 그리고 얼마든지 몰려온다고 해도 상관없다 싶을 만큼 압도적인 전력을 갖추었거나…….

창인홍은 피식 웃었다.

'말도 안 되는.'

어찌 되었든 사정을 알아야만 했다.

그리고 손을 잡을 수 있다면 잡고, 얻을 것이 있다면 얻어야만 한다.

'그리고 빼앗을 수 있다면 빼앗고.'

그것이 창인홍이 청염회의 정예를 삼백 명이나 이끌고 화천까지 온 진짜 이유였다.

창인홍이 오른 손을 들어올렸다. 그리고 가볍게 앞을 향해 손목을 까딱거렸다.

"진입(進入)."

그 한 마디를 뱉고 창인홍은 걸음을 옮겼다.

그러자 그의 뒤에 도열해 있던 삼백 명의 무인들이 보폭을 맞추어 따랐다.

그들이 다가오자 남문을 오가던 사람들이 일제히 걸음을 멈추고 그들을 바라보았다.

무려 삼백 명으로 이루어진 집단이다.

더구나 허리나 어깨에 병장기를 하나씩 매달고 있었다.

그러니 주목을 받을 수밖에 없었다.

하지만 사람들의 관심은 길게 이어지지 않았다.

그저 그들이 들어오기 편하도록 비켜설 뿐이었다.

때문에 창인홍은 사람들의 반응이 이상하다 싶어 눈을 좁혔다.

분명 보이는 사람 대부분은 칼 한 번 잡아본 적이 없는 평민이었다.

그런데 두려워하는 이가 없었다.

오히려 안 된다는 듯이 동정어린 시선만을 보낼 뿐이었다.

'뭐지?'

혹시 근처에 누군가가 잠복해 있는 건가?

'함정?'

창인홍은 기감을 높였다.

하지만 그의 날카로운 감각 속에 잡히는 건 아무것도 없었다.

뒤이어 눈을 크게 뜨고 눈동자를 이리저리 돌렸다. 그럼으로써 사람이 잠복해 있을 요지이나, 기관이나 함정이 매설되어 있을만한 위치를 빠르게 살피고 뒤졌다.

하지만 어색하다 싶은 건 아무것도 없었다.

창인홍이 슬쩍 고개를 뒤로 돌렸다.

삼백 명의 무인 중 다섯이 앞으로 나섰고, 그들 중 콧수염을 기른 사내가 모두를 대표하듯 말했다.

"없습니다."

창인홍이 알았다는 듯 살짝 고개를 끄덕였다.

자신과 이들 다섯 명 환명오조(幻冥五鳥)의 눈을 피할 수 있는 매복이나 기관, 함정은 존재할 리 없었다.

만약 있다고 하더라도 이곳에는 없다.

하지만 창인홍은 불편한 마음을 가셔낼 수가 없었다.

뭔가 불길하다.

그러는 사이 그들의 발이 성벽을 지나 안으로 들어섰다.

그때였다.

"네가 창인홍이냐?"

창인홍의 눈이 커졌다.

어렵게 눈동자만을 돌려 옆을 본다.

누군가 있다.

이십대 초중반 정도로 보이는 청년이었다.

용모는 준수하지만 외양이 기묘하다.

아지랑이 같은 어둠이 청년을 휘감고 있었다.

청년이 말했다.

"따라오너라."

그러며 청년은 앞으로 걸음을 옮겼다.

하지만 창인홍은 움직이지 않았다. 그저 청년의 등을 믿을 수 없다는 듯 바라만 볼 뿐이었다.

청년이 갑자기 걸음을 멈추더니, 짧은 한숨을 내쉬었다.

"식상한 말을 꼭 해야겠느냐?"

그러며 살짝 고개만을 돌려 창인홍을 바라보더니 멈췄던 말을 이었다.

"죽을 테냐, 그냥 따라올 테냐?"

273

창인홍은 대꾸치 않고, 그저 침만 꿀꺽 삼켰다.

스르르르.

청년을 휘감은 어둠이 늘어났다.

어둠의 표면에 갑자기 붉은 빛으로 이루어진 점이 가득 생겨났다.

눈동자.

그거 불꽃을 뭉쳐 만들어낸 눈동자만 같았다.

으르르르르르르릉.

맹수가 상대를 위협할 때나 낼 법한 소리가 붉은 눈동자가 가득한 어둠 속에서 마구 튀어 나온다.

"다시 묻지. 따라오겠느냐, 아니면 죽을 테냐, 그도 아니면 먹힐 테냐?"

그제야 창인홍은 굳게 다물려 있던 입을 열어 더듬더듬 말했다.

"따, 따르겠소이다."

그러자 청년을 둘러싼 어둠을 수놓은 수백 개의 붉은 눈동자가 아쉽다는 듯 감겼고, 뒤이어 어둠은 줄어들어 아지랑이로 되돌아왔다.

청년은 다시 고개를 앞으로 돌려 걸음을 옮겼다.

창인홍은 몸을 부들부들 떨며 그런 청년의 뒷모습을 믿을 수 없다는 듯 바라만 보았다.

그때 환명오조 중 콧수염 사내가 나와 속삭이듯 말했다.

"왜 그러십니까?"

창인홍이 떨리는 목소리로 말했다.

"홍화무장이 셋이나 죽었다고 했지?"

"네. 소문은 그렇습니다."

"소문이 맞는 것 같다."

"네?"

"우리는 어쩌면 지옥 안에 발을 내딛은 건지도 모르겠구나."

걷던 청년이 다시 걸음을 멈추더니, 짧은 한숨을 쉬며 고개를 돌렸다.

"하아. 말 참 안 듣는 군. 꼭 식상한 짓거리를 좀 해야 하나?"

그제야 창인홍은 걸음을 내딛었다.

"죄송하외다! 지금 갑니다!"

그러며 빠르게 걸음을 옮겨 청년에게 다가갔다.

그가 데려온 삼백 명의 정예는 잠시 머뭇거리다가, 어쩔 수 없다는 듯 창인홍의 뒤를 쫓아 나아갔다.

청년이 창인홍과 청염회의 정예를 이끌고 향한 곳은 본 초국의 왕궁이었다.

왕궁의 정문 역시 열려 있었다.

아니, 뚫려 있었다.

천마재생

뚫린 구멍 사이로 들어간 청년은 걸음을 멈추더니, 고개를 돌려 창인홍을 향해 말했다.

"여기다. 먹고 마셔라."

창인홍은 주변을 둘러보았다.

거대한 광장에는 발을 디딜 틈을 찾기 힘들 정도로 수많은 사람들이 가득했다.

본초국의 병사로 보이지는 않았다.

복색이 다르고 용모 역시 제각각이다.

그들 중 눈에 익은 이들도 여럿 있었다.

'적기련(赤旗聯)? 혈우맹(血友盟)? 정토회(淨土會)까지!'

모두가 홍화국의 전복을 꿈꾸는 암중단체였다.

같은 꿈을 꾸지만 방식과 수단이 달라서, 섞일 수가 없던 이들.

그들이 모두 이곳에 있다.

이들은 서로 섞일 수가 없기에 마주치면 험상궂은 표정으로 욕과 고함을 쳐댔었다.

그런데 어찌된 걸까?

서로 웃고 떠들며, 먹고 마시고 있었다.

마치 잔치를 즐기러 온 사람들만 같았다.

"늦으셨구려, 창 대협."

누군가 다가와 그렇게 말했다.

창인홍은 고개를 돌려 그를 바라보았다. 그 순간 그의 눈이 크게 벌어졌다.

"추몽노사(醜夢老師)?"

추악한 꿈을 좇으며 산다고 말하고 다니는, 홍화국 내 제일기인!

유일하게 홍화무장과 대등하게 싸울 수 있다고 일컬어지는 홍화국 내 제일가는 고수이자, 홍화국이 지정한 제일역적이었다.

추몽노사는 바람 같은 사람이다.

이디에 머물지 않는다.

홀로 움직이며 홀로 싸운다.

그런 그가 이곳에 있다?

'설마 분초국의 도성을 장악했다는 무리와 손을 잡은 건가?'

추몽노사가 술병을 내밀었다.

"마시구려. 잔치를 즐겨야지요."

"잔치?"

추몽노사가 고개를 끄덕였다.

"그렇소. 잔치요. 평생을 꿈꿔왔던 잔치란 말이오. 허허허허허허헛. 꿈만 꾸었지, 있을 리 없다고 여겼던 그 잔치란 말이지요. 허허헛. 허허허허허허허헛!"

대체 무슨 소리를 하는 걸까?

그때였다.

갑자기 조용해졌다.

모두의 시선이 한 방향을 향해 있었다.

그곳에 한 사내가 모습을 드러냈다.

장후였다.

장후는 자신을 바라보는 모든 이들을 찬찬히 훑어본 후, 입을 열었다.

"자. 다시 얘기해보자. 이 나라를 무너트리려면 어찌하여야 하느냐?"

모두가 그의 주변으로 달려가 외쳐대기 시작했다.

"직례국! 직례국부터 쳐야 합니다!"

"아니요! 그건 우책이오! 돌더라도 확실한 방법이 있소!"

"홍화무장을 끌어내야 합니다!"

각자 자신의 생각을 외친다.

각자 자신의 방책을 고함친다.

그 모두가 장후를 향해 쏟아지고 있었다.

그 광경을 멍하니 바라보던 창인홍이 속삭였다.

"대체 뭡니까, 저건?"

추몽노사가 환한 미소를 머금고 말했다.

"말했지 않소. 우리가 꿈꾸던 잔치라고."

궁핍하고 빈곤한 이들이 바라는 건 뭘까?

커다란 집과 비단금침, 맛난 음식과 풍족한 재산?

덧붙여 아리따운 여인들?

아니다.

그런 건 야망을 가진 이들의 꿈이다.

진정 궁핍한 이들은 그런 것을 바라지 않는다.

진정 빈곤한 이들은 그다지 원하지 않는다.

궁핍하고 빈곤한 이들이 바라는 건 안정과 여유이다.

맛나지 않더라도 하루에 두 끼를 꾸준히 먹을 수 있으면
된다.

푹신하지 않더라도 매일 같은 시간에 누울 수 있는 침상
이 있으면 족하다.

내일도 먹을 것이 있고, 잠들 곳이 있다는 확신만 있으
면 된다.

안식처.

안정과 여유가 보장된 장소.

청염회가 바라는 것이었다.

아니, 이 나라를 전복하겠다며 일어선 역모의 무리들 모
두가 바라는 것이었다.

하지만 가질 수는 없었다.

이 넓은 땅에 그들이 안식을 취할 곳은 없었다.

홍화국의 전복을 꿈꾸는 이들은 보름을 주기로 떠돌아야만 했다.

홍화국의 병사가 언제 쳐들어올지 모르기 때문이었다.

만약 홍화무장을 마주하는 날에는 모든 것을 잃기 때문이었다.

실제로 보름 이상을 한 자리에 머물었다가 뿌리 뽑힌 단체가 여럿이었다.

그렇기에 역모를 꿈꾸는 무리의 삶은 각박할 수밖에 없었다.

그들이 품은 숭고한 대의가 이해라고 받는다면 모르겠지만, 오히려 이 나라의 국민들은 그들을 모욕하고 증오했다.

어차피 달라질 건 없는데, 왜 굳이 분란을 일으켜 더 힘들게 하냐며 욕설과 저주의 말을 쏟아냈다.

동정까지는 바라지 않았다.

그들이 숨은 곳을 파악하여 관부에 발고하지만 않으면 다행이었다.

그렇기에 역모의 무리는 더욱 외롭고 거칠며 사나울 수밖에 없었다.

때문에 그들은 같은 꿈을 꾸지만 다른 방식을 추구하는 이들과도 교류할 수 없었다.

의견과 방식의 차이를 인정할 수 있는 여유마저도 없기 때문이었다.

그러니 독선적이고, 악독해질 수밖에 없었다.

악순환이었다.

하나로 뭉치면 상당한 세력이 될 수 있다는 생각은 모두가 하지만, 하나로 뭉치기 위한 그 어떤 교류도 가지지 않았다.

그런데, 오늘 이 곳에 이 나라의 전복을 꿈꾸는 이들이 모두 모여 있다.

그들이 중구난방 떠들어 대고 있다.

때로는 타 세력의 의견을 무시하거나 비웃고 욕하기는 하지만, 자리를 벗어나지는 않았다.

그러니 어렵게나마 대화가 이루어지고 있었다.

이게 어떻게 된 일일까?

청염회의 무상 창인홍은 그 질문의 답을 어렵지 않게 찾을 수 있었다.

'여유와 안정.'

이곳엔 여유가 느껴진다.

안정적이기도 하다.

홍화국의 정병이 급습을 가하지 않을 것이며, 홍화무장이 나타나지 않는다는 확신이 어려 있다.

아니다.

천마재생

'그게 아니야.'

설령 홍화국의 정병과 홍화무장이 들이닥친다고 하여도 이 곳을 무너트릴 수 없을 것이라고 여기는 듯하다.

그렇기에 저리 허심탄회하게 떠들어댈 수 있는 입이 생긴 것이다.

그러니 남의 말을 들을 수 있는 귀가 생긴 것이다.

'이 모두가 저 자 때문이겠지?'

창인홍은 사람들의 중심에 있는 청년, 장후를 매섭게 노려보았다.

'저 자가 바로 이 화천을 장악한 단체의 주인이겠어.'

그렇다면 이곳까지 안내해준, 그 어둠의 장막을 뿜어내던 청년의 주인이라는 것이겠지?

그 청년을 떠올리니 몸이 절로 파르르 떨려왔다.

'그런 자가 있다니.'

그 청년에게서 느낀 건 순수한 공포였다.

그건 홍화무장에게서조차 느낄 수 없었던 감정이었다.

오래 전 우연히 보았던 홍화무장의 상급자조차도 그 정도는 아니었다.

물론 단지 공포라는 감정만을 잣대로 삼아서 그 청년이 홍화무장의 상급자보다 강하다고 단정할 수는 없었다.

하지만 어쩐지 알 것 같았다.

그 청년은 홍화무장 안에 들어간다고 해도, 분명 최상급의 서열을 차지할 수 있을 것임을.

그런데 그런 자를 고작 안내인으로 부린다?

'그렇다면 저 자는 대체 어떻기에?'

창인홍은 이끌리듯 앞으로 걸음을 내딛었다. 하지만 바로 멈추더니 살짝 고개를 돌려 수하들을 향해 말했다.

"여기서 대기하라. 땀이 난다고 오물통에 몸을 담글 수는 없지."

청염회의 정예를 대표하여, 환명오조가 고개를 숙였다.

"네."

그러고 나서야 창인홍은 걸음을 옮겨 장후를 향했다.

귀가 따갑다.

창인홍은 눈살을 찌푸렸다.

장후를 둘러싼 각 단체의 사람들은 저마다 목소리를 높여 자신의 의견을 떠들어대고 있었다.

하나같이 조잡하고 치졸한 계획이었다.

그런 방식으로 홍화국을 무너트릴 수 있었다면, 이 나라는 예전에 무너졌을 것이다.

이런 것들과 한 자리에 있다는 것 자체가 수치스러울 정도였다.

그렇기에 창인홍은 자신의 앞을 막고 선 사내의 어깨를 붙잡고 거칠게 잡아당겼다.

천마재생

"뭐, 뭐야!"

창인홍은 대꾸치 않고, 계속 앞을 막은 이들을 잡아당기고 밀어젖히며 앞으로 나아갔다.

밀려난 이들은 인상을 구기며 뭐라고 욕설을 뱉으려 했지만, 자신을 밀치고 나아간 사내가 바로 창인홍을 알아보자 바로 표정을 풀고 입을 다물었다.

청염회의 무상이자, 청염회 제일의 고수인 창인홍은 그들 사이에서도 모르는 사람이 드물 정도로 유명했다.

정확히 말하면 악명이 높았다.

창인홍은 좋게 말해 순수한 사내이다.

홍화국을 무너트리기 위해서라면 무슨 짓이든 할 수 있었고, 해왔다.

그 과정 중에 다른 역모의 단체와 알력이 있다면 순수한 방식으로 해결했다.

손과 발.

그리고 피와 죽음.

그렇기에 창인홍은 홍화국의 권력자보다 역모의 무리들이 더욱 두려워하는 인물이었다.

"창인홍!"

"창인홍이다."

"창인홍이 왔어."

그러한 속삭임이 이리저리 퍼져 나갔고, 그 덕분에 창인홍의 앞은 저절로 갈라져 길을 만들어 냈다.

창인홍은 장후를 향해 똑바로 걸어와 이 장 쯤 앞에서 멈춰 섰다.

주변이 침묵으로 물든다.

창인홍과 배분이 같거나 비슷한 위명을 가진 이들도 이 자리에는 몇이나 있었다.

특히 창인홍이 왕궁에 들어섰을 때 만난 추몽노사는 창인홍보다 한 배분 위의 인물이며, 열 명의 창인홍보다 나은 명성을 가진 인물이었다.

그럼에도 창인홍이 장후 앞에 서자 모두가 입을 다물었다.

그들의 눈은 창인홍이 아닌, 창인홍이 소속된 단체 청염회를 보고 있기 때문이었다.

청염회의 역모를 꿈꾸는 단체 중에서 가장 강성한 세력.

그러니 마음에 들지 않더라도 예우를 할 수 밖에 없었다.

창인홍은 장후를 바라보며 담담한 표정으로 말했다.

"묻고 싶은 게 있소."

장후가 말했다.

"말해 보아라."

창인홍의 표정이 굳었다. 마치 위에서 아래로 내리깔고 보는 듯한 말투가 마음에 들지는 않았다.

285

하지만 목이 마른 사람이 우물을 찾는 법이기에, 창인홍은 표정을 풀고 말했다.

"저의가 뭐요?"

"저의?"

장후는 피식 웃었다.

"저의라. 질문은 확실하고 알아듣기 쉽게. 그래야 답할 수 있겠지."

창인홍이 주변을 둘러보며 말했다.

"이들을 한 자리에 모은 저의가 뭐냐 말이오."

"모았다? 내가?"

"그렇소. 우리를 모아 연맹토록 하고 맹주의 권한을 차지하려는 거요?"

장후가 다시 피식 웃었다.

"계속 말해 보아라."

"우리를 모아 연맹하고 세력을 갖추어, 이 화천이 아니라 본초국을 장악하고, 그럼으로써 홍화국과 협상을 벌여 이 땅의 제후가 되겠다는 거요?"

"그거냐? 네 저의가?"

"무슨 말이오."

"너희가 품은 저의가 고작 그것이었느냐? 작구나. 편협하구나. 치졸하구나."

장후가 어깨를 펴고 그를 매섭게 노려보았다.

"너희는 너희가 스스로 왔을 뿐, 내가 모은 적이 없다. 너희는 너희가 떠들어 댈 뿐, 내가 답한 적이 없다. 너희는 너희의 계획을 말할 뿐, 내가 종용한 적이 없다. 그저 난 들었을 뿐이다. 너 역시 너의 계획을 질문이랍시고 떠들어 댈 뿐이다."

창인홍은 이를 악 물었다.

말마따나 그랬다.

약간의 차이는 있지만 청염회의 대계는 그가 지금 장후에게 한 질문과 유사했다.

청염회는 그 방식이 이 나라를 전복할 수 있는 유일한 방법이라고 여겼고, 그에 따라 움직여왔다.

그렇기에 이 의문의 단체 역시도 그리 움직일 것이라 믿고 물은 것이다.

아니었나?

아니면, 아니라고 할 뿐인 건가?

장후는 주변을 찬찬히 둘러보았다.

"내 저의가 궁금하다고? 좋아. 말해주지. 내 저의는 없다. 달리 말하지. 난 생각이 없다. 난 아무런 계획이 없다."

계획이 없다고?

"고작 이딴 나라를 무너트리는데, 계획까지 꾸며야 할까?"

순간 창인홍의 얼굴이 일그러졌다.

이딴 나라라고?

계획 따위는 필요 없다고?

실로 오만방자하다.

진심으로 그렇게 여기는 것 같기에 더욱 그랬다.

장후가 말했다.

"이 나라는 너무나 안일해. 기둥 중 하나가 무너졌는데도 이렇게 조용하다. 서로의 눈치만 볼 뿐 움직이지 않아. 오랜 세월 자신들의 지위와 권력을 위태롭게 할 만한 위기와 위협이 없었다는 증거이지. 목에 칼이 들어와도 이게 뭔가 싶을 정도로 편하게 살았다는 뜻이야."

장후가 주변을 찬찬히 둘러보며 말했다.

"그건 너희의 공이다. 너희의 노력과 너희의 희생, 너희의 싸움이 이 나라의 권력자에게 자극조차 되지 못했기 때문일 테니까. 너희가 무슨 짓을 한다고 해도 변하는 게 없다고 확신토록 만들었다는 뜻이니까. 녹슨 칼로 휘둘러도 쉽게 잘리고 꺾여 주었기에 이 나라의 녀석들은 이토록 게을러 진거야. 너희들, 잘 했다. 제대로 잘한 거다. 덕분에 우리는 매우 쉬운 전쟁을 치러도 되겠어."

듣는 모두가 얼굴빛이 어두워졌다.

달콤한 모욕이었다.

장후가 다시 창인홍에게로 시선을 돌려 말했다.

"너희를 모아서 연맹토록 할 것이냐고? 맹주가 되어

이 나라를 차지할 것이냐고? 아니다. 난 이 나라 따위는 관심도 없다. 너희 따위도 필요치 않아. 그러니 걱정마라. 그저 먹고 마시고 떠들다가 꺼져라. 이는 너희를 품기 위함이 아니다. 이 나라의 권력자들을 안일하고 나태하게 만들어준 너희의 공을 치하함이다."

창인홍의 얼굴이 터질 듯이 붉게 물들었다.

목에 핏발이 서고, 몸은 요동쳤다.

당장에 장후의 얼굴에 주먹을 꽂아버리겠다는 듯했다.

그때였다.

장후의 옆으로 바람이 일더니, 한 사내가 나타났다.

소한살객이었다.

나타난 소한살객은 가만히 창인홍을 노려보았고, 창인홍의 얼굴은 빠르게 제 색으로 돌아왔다.

소한살객과 눈이 마주치는 순간, 칼에 찔린 것만 같은 기분이 들었기 때문이었다.

실제로 노려보는 게 아니라 검을 들어 찔러왔다면 막을 수 있을까 의심스러웠다.

소한살객은 창인홍에게서 눈을 떼고 장후를 향해 정중히 고개를 숙이며 말했다.

"동문 쪽에서 접근하는 무리가 있습니다."

"얼마나?"

"오천 내외입니다. 홍화무장도 다섯이 끼어 있습니다."

289

그 말을 엿들은 창인홍의 눈이 찢어질 듯 벌어졌다.

무려 오천 명?

홍화무장이 다섯이나 끼어 있다고?

'큰일이군!'

드디어 홍화국이 움직이는 것이다.

이제 이 화천은 전장이 되리라.

비명이 난무하고, 피아를 구분할 수 없는 살육의 잔치가 벌어 지리…….

"노는 애들 좀 보내서 정리해."

장후가 대수롭지 않다는 투로 하는 말에 창인홍은 눈을 껌뻑였다.

'잘 못 들었나?'

그래, 잘 못 들은 거다.

하지만 소한살객의 반응을 보니 그런 것 같지 않았다.

"네, 알겠습니다. 그렇지 않아도 철리패 어른과 교주님들께서 이미 나가셨습니다."

"너무 즐기지 말고, 적당히 몸이나 풀라고 그래."

"전하기는 하겠지만, 들어 주실지 모르겠습니다."

"알았다. 두 시진 안에 끝내라고 해."

"알겠습니다."

소한살객은 넙죽 고개를 숙이더니, 나타날 때와 마찬가지로 바람이 되어 사라졌다.

장후는 용건을 마쳤다는 듯 다시 창인홍에게 고개를 돌렸다.

"내가 어디까지 얘기했지?"

창인홍은 대꾸치 못하고 침만 꿀꺽 삼켰다.

그로써는 아무 말도 할 수가 없었다.

NEO ORIENTAL FANTASY STORY

第百三十章.

그러니 조금 더 힘들 거야

第百三十章.

그러니 조금 더 힘들 거야

오천의 정병과 다섯의 홍화무장.

엄청난 전력이다.

염황이 다스리는 직례국이 직접 나선 걸까?

어쩌면 홍화국을 지배하는 미친 신, 홍화신이 직접 징치하라고 명령을 내린 건지도 모른다.

그게 아니라면 이렇게 많은 병력을 움직일 수 없을 뿐더러, 홍화무장이 나설 리도 없으니까.

하지만 아니었다.

아직 이 나라를 다스리는 미친 신은 아직 움직이지 않는다.

그를 대리하여 직례국을 운영하고 열두 개의 제후국을

천마재생

통솔하는 염황은 신중하다.

그렇다면 뭘까?

분초국의 공(公)들이 움직인 것이다.

이 땅은 너무나 넓다.

열 세 개의 분국으로 조각냈다고 하여도, 권력의 손이 다 미치지는 못한다.

하기에 열두 개의 제후국은 나라를 다시 열에서 스물로 나누어 수하나 토호(土豪)에게 다스리도록 하는데, 그들을 바로 공(公)이라고 한다.

쉽게 말하자면, 공은 본초국 안의 작은 제후들이다.

본초국은 총 열다섯 명의 공이 있는데, 그들 중에는 본초국의 왕인 지극화천조차도 무시할 수 없는 권력자가 한 명 있었다.

희공(嬉公).

그가 바로 염황의 직계혈손이기 때문이었다.

그는 본초국의 제후인 지극화천을 명령을 따라야 하는 공의 입장임에도 언제나 직례국의 입장을 대변했고, 직례국의 입장에서 지극화천을 압박했다.

그럼에도 지극화천이 희공을 징치할 수 없었던 건, 역시 염황이라는 배경을 무시할 수 없었기 때문이었다.

사람들은 뒤에서 수군거렸다.

언젠가 희공이 이 본초국의 제후가 될지 모른다고.

희공은 그런 말이 들려올 때마다 '이 나라는 공이 왕이 될 수 없음을 법으로 정하여 두었는데, 나를 역모의 무리로 몰아넣을 셈이냐! 그런 소문이 들려오지 않도록 하라!' 라며 노화를 터트렸다.

하지만 진심일까?

아무도 그리 여기지 않았다.

"공이라고 해서 왕이 될 수 없는 건 아니지."

희공은 그렇게 속삭이며, 히쭉 웃었다.

그는 술과 여자, 그리고 춤과 노래를 즐기기에 희공이라고 불리었다.

그의 처소에서는 매일 연회가 벌어졌고, 처첩만 수십이 넘었음에도 부족하다며 항상 여인을 찾아 진상하라 명했다.

쉽게 말해 염황의 직계가 아니라면, 그저 놀이로 세월을 보냈을 한량이라는 거다.

그게 세간의 평이었다.

"그런 평가를 얻기 위해 얼마나 오랫동안 병신 짓을 했던지. 정말 술과 계집질. 지긋지긋하구나."

희공은 그렇게 투덜거리더니, 갑자기 히쭉 웃었다.

"이제 헛되게 보낸 시간의 보상을 받을 때야."

생각해보면 세상은 참 어리석다.

염황의 직계혈손이 그토록 무능하다고 여기다니.

염황을 안다면, 그리 여겨서는 안 된다.

염황이라는 직위는 세습되지 않는다.

오직 힘으로 쟁취하여야만 하는 자리이다.

짧게는 수십 년, 길게는 수백 년마다 염황은 바뀌는데, 이 나라의 모든 제후와 모든 공이 도전할 자격이 주어진다.

아니, 이 나라의 모든 이들이 도전할 수 있다.

그건 지위와 권력이 세습되어 상하이동이 철저하게 제한된 이 나라의 폐쇄적인 구조 안에서 유일한 상승의 기회라고 할 수 있었다.

더구나 홍화신을 제외한 최고의 권력자인 염황이라니.

목숨을 걸어야 마땅한 기회이다.

그렇기에 모두가 그 기회를 자신의 것으로 만들기 위해 몸을 던진다.

자신의 능력 따위는 관여치 않는다.

죽는다는 것을 알면서도 뛰어드는 거다.

한 줄기 광영의 빛살이 자신에게 닿기만을 꿈꾸며.

그렇게 홍화국의 인구수 중 일할 정도가 줄어들 정도의 광란이 벌어진다.

현재의 염황은 그 광란을 뚫고 염황의 지위를 차지했다.

그걸 세상은 모른다.

왜 모를까?

현 염황이 삼백 년이라는 긴 시간동안 염황의 직위를 고수하고 있기 때문이었다.

삼백 년이라는 긴 세월을 견뎌낸 괴물이라는 거다.

도전이 없었을까?

위기가 없었을까?

그런데 왜 바뀌지 않을까?

그 외에는 염황의 자리를 차지할 수 있는 인물이 나타나지 않았고, 나타났다고 해도 조용히 사라졌기 때문이었다.

그렇다면 왜 사라진 걸까?

지금의 염황이 그리 만들었기 때문이다.

염황은 그토록 무서운 괴물이다.

삼백 년이라는 긴 시간을 살며, 지금의 지위를 고수하고 있는 괴물.

이 나라의 인구가 줄어들 정도의 광란의 잔치를 없애버린 괴물.

그런 괴물이 고작 피를 이었다는 이유로 능력이 없는 놈의 뒤를 봐줄리 없다.

오히려 누구보다 먼저 목을 잘라내 버리겠지.

그러니 염황의 혈족은 강해야만 한다.

그 누구보다 뛰어나야 한다.

그 중에서도 손꼽히는 사람이 바로 희공 자신이었다.

"본초국의 왕이 되기 위해 길러졌으니까."

염황일족은 수십 년 전부터 하나의 꿈을 나누어 꾸고 있었다.

신이 없는 나라.

인간의 세상.

그 계획의 일환으로 희공은 지극화천을 몰아내고, 본초국의 왕이 되어야 하는 사명을 부여 받았다.

그러기 위해서는 최소한 세 개의 제후국을 염황일족이 차지해야만 했고, 더불어 네 개의 제후국과 동맹을 맺어야만 했다.

세상은 모르지만 염황일족은 두 개의 제후국을 복속시켰다.

그리고 목적 했던 네 개가 아닌 여섯 개의 나라와 밀약을 맺었다.

하지만 복속시켜야 할 나라가 하나 더 필요했다.

그 과정은 복잡하고 더디더라도 결과만은 확실해야 했고, 그렇기에 이십 년 후를 기약했었다.

그런데 그 이십 년을 단숨에 줄일 수 있게 되었다.

갑자기 나타난 의문의 무리 덕분에.

희공은 도성이 무너졌다는 소식을 들은 순간, 정황을 파악하기 위해 사람을 부렸고, 소문이 사실임을 알았다. 그리고 평생에 두 번 다시 오지 않을 기회가 찾아왔음을 깨달았다.

거병하여 의문의 무리를 징치하고 도성인 화천을 장악하는 것이다. 그 다음 치안을 위한답시고 눌러 앉아 버리는 거다.

그럼 끝이다.

본초국의 다른 공들은 경쟁자가 되지 못한다.

왕위를 이을만한 지극화천의 혈족들은 의문의 무리에 의해 모조리 제거되었다고 하면 그 뿐이다.

그러면 어쩔 수 없이 직례국의 권한으로 본초국의 왕을 지정할 터인데, 홍화신은 이런 잡다한 일에 관심이 없다.

염황께서 정리하여 보고를 올리면, 그리하라고 고개 정도나 끄덕이겠지.

그러면 당연히 본초국의 왕은 희공 자신이 될 수밖에 없었다.

그렇기에 자신의 생각과 계획을 은밀한 인편을 통해 염황에게 올렸다.

바로 거병하라는 재가가 떨어질 것이라고 여겼다.

그런데 돌아온 답장은 예상 밖이었다.

접선을 하란다.

의문의 무리에 접촉하여 손을 잡을 것을 종용해보란다.

'말도 안 되는!'

그 답장을 떠올리니 희공은 속이 부글부글 끓어오르는 듯했다.

염황께서는 신중한 건 좋은데, 신중에 신중을 거듭하니 소심해 지기까지 하신 모양이다.

그래, 접선을 하자.

천마재생

다만 조금 다른 방식으로.

접선을 위해 온 다섯 명의 홍화무장을 앞세우고, 거병하여 가보자.

그러면 놈들이 알아서 기어 나오겠지.

죽으러 나오던가.

싸우러 나오던가.

그 또한 접선이지 않은가.

그런 판단 아래 희공은 이렇게 오천의 정병을 이끌고 나선 것이었다.

홍화무장은 염황의 명을 모른다.

염황에게 희공을 자신처럼 여기라는 명령만 받고 나왔을 뿐이었다.

그러니 희공은 의문의 무리를 몰아내고 자신이 화천을 장악할 때까지 염황의 방해를 받을 일은 없으리라 판단했다.

나중에 알게 되겠지만 질책 또한 없으리라.

'그땐 저 화천을 차지한 이후일 테니까.'

결과로써 보였으니, 오히려 칭찬을 받겠지.

향후 이 나라를 인간의 나라로 만든 후 벌어질 논공행상에서 가장 앞에 서 있게 되리라.

희공은 그렇게 확신했다.

그럴 수밖에 없었다.

오천의 정병과 홍화무장 다섯을 이끌고 나선 걸음인데

그 누가 막을 수 있을까.

화천의 동문이 멀리 보인다.

"다 왔구나!"

희공은 그렇게 외쳤다.

드디어 보인다.

이 오랜 여정의 종착지가!

길고긴 인고의 나날의 끝이!

이 문을 부수고 들어가면 나오지 않으리라.

저 안에서 살게 되리라.

'바로 오늘이 내가 본초국의 왕위 오르는 날……, 응?'

동문이 열리며 일단의 무리가 빠져 나오는 것이 보였다.

한 백여 명 쯤 될까?

백 명 가지고 뭘 할 수 있다고?

아마도 상황을 알아보거나, 대화를 나누어 보려고 나온 사절인가 싶었다.

하지만 말을 타고 있는 사람은 아무도 보이지 않았다.

하나같이 병장기를 휴대하고 있을 뿐이었다.

어슬렁어슬렁 걸어 나오는 꼬락서니가 시전구경 나온 한량만 같다.

그 작태가 마음에 들지 않기에 희공이 눈살을 좁혔다.

그때였다.

누군가 빠르게 다가왔다.

대머리 노인이었다.

그는 다급한 표정으로 말했다.

"회군! 회군하시오!"

대머리 노인은 염황의 답장을 가지고 온 다섯 홍화무장의 수장이었다.

'대체 이 자가 왜 이러는 걸까?'

희공은 두 가지 면에서 놀랐다.

첫 번째는 지금껏 그가 입을 여는 걸 본 적이 없기에 벙어리인줄로만 알아서였다.

그리고 두 번째는 당황한 저 표정 때문이었다.

대머리 노인은 무쇠덩어리를 깎아서 만든 게 아닐까 싶을 정도로 표정에 변화가 없었다.

물론 그럴 리는 없겠지.

그렇기에 자신의 감정을 거스르거나 드러내게 할 일은 세상에 없다는 자신감으로 읽혔다.

그랬던 대머리 노인이 당황하고 있다.

아니, 두려워하고 있다.

대머리 노인이 크게 외쳤다.

"희공! 회군하셔야 합니다! 어서 명령을 내려 주십시오!"

그가 외치며 뿜어내는 기파는 희공의 전신을 압박했다.

하기에 희공은 숨을 쉬기조차 힘들었다.

희공의 얼굴빛이 붉게 물들자, 그제야 실태를 깨달았는지 대머리 노인은 몸에서 뿜어내던 기파를 잠재웠다.

그제야 희공은 숨통이 트임을 느끼며 짜증어린 얼굴로 외치듯 말했다.

"회군이라니. 그게 무슨 말이요!"

"회군하셔야 하오, 희공. 바로 명령을 내려 주시오!"

"대체 왜 내가 그래야 한단 말이오?"

"죽소."

"죽어? 내가?"

희공은 뭔가 짐작했다는 듯 눈을 얇게 좁혔다.

"설마 당신들 홍화무장은 염황께 내가 모르는 밀명을 받으셨던 게요?"

대머리 노인은 힘주어 고개를 저었다.

"아니요!"

"그럼 대체 뭐요?"

"죽는단 말이 외다!"

희공은 더 이상 참을 수 없어 버럭 외쳤다.

"다짜고짜 죽는다니, 그게 무슨 말이오! 회군을 하라면 해야지요! 홍화무장께서 그리 말씀하시면 해야지, 제가 무슨 힘이 있어 거부하겠소이까! 안 그렇소?"

대머리 노인이 답답하다는 듯 외쳤다.

"희공! 그런 게 아니외다! 시간이 없소. 어서 회군을!"

"회군을 하면 하지요. 하지만 왜 시간이 없는지, 왜 회군을 하여야 하는지, 알아들을 수 있게 설명을 해주셔야 하지 않소! 이게 무슨 짓이오!"

그때였다.

콰아아아아아아앙!

굉음이 울린다.

동시에 동문에서 빠져나온 백여 명의 한량 중 하나가 빛살이 되어 달려왔다.

덩치가 커다란 외팔의 노인이었다.

외팔의 노인은 한 걸음에 십여 장의 거리를 좁히며 다가오고 있었다.

그러며 입을 쩍 벌린다.

"으아아아아아아아아아아아압!"

저게 기합인가?

하늘이 무너질 듯하다.

땅이 꺼질 듯하다.

보이는 것 무엇이든 부수어버리겠다는 자신감과 확신이 느껴진다.

그 모습을 보며 희공은 속삭였다.

"염황?"

빠르게 다가오는 외팔의 노인이 염황일 리는 없겠지.

그저 이 정도의 위압감을 뿜어내던 존재가 염황 뿐이었

기에 희공 자신도 모르게 튀어나온 말이었다.

그 순간 대머리 노인이 속삭이듯 말했다.

"우린 다 죽게 될 거요."

희공이 속삭여 물었다.

"왜?"

"저들이 그리 만들 테니까."

그 순간 동문에서 나온 백여 명의 한량들 병장기를 뽑아 들더니 역시 외팔의 노인을 쫓아서 달려오기 시작했다.

†

희공이 이끌고 온 오천의 정병을 향해 외팔의 노인이 달려든다.

노인의 덩치는 우람했다.

다가오는 속도 역시 너무도 빨랐다.

눈으로 쫓기도 쉽지 않을 정도였다.

노인이 쉽게 볼 수 없는 고수라는 증거였다.

하지만 정병들은 겁먹지 않았다.

아무리 고수라고 하여도 고작 한 명일 뿐이다.

그 뒤로 수십여 장 정도의 거리를 두고 백여 명쯤 되는, 노인의 동료로 짐작되는 무리가 달려오기 시작했지만, 그 또한 마찬가지였다.

고작 백 명가지고 뭘 할 수 있다고?

이쪽은 오천 명이나 된다.

더구나 홍화무장이 다섯이나 있다.

한 명의 홍화무장은 일천의 정예와 맞먹는 전력을 갖추고 있다고 했다.

그러니 이쪽은 일 만에 해당하는 전력을 가졌다고 봐야 했다.

외팔의 노인이 아무리 고수라고 하여도 홍화무장에 비견할 정도는 아닐 테고, 그의 동료로 짐작되는 무리가 아무리 뛰어나다고 해도 고작 백 명이라는 숫자로 오천의 정예를 어찌할 수는 없다.

그러니 달려오는 외팔의 노인을 바라보는 희공의 병사들은 이런 생각이 들 뿐이었다.

'미친 건가?'

아니면 결코 오지 않을 천운을 바라는 지도.

하지만 지금과 같은 압도적인 전력 차는 그 어떤 천운이 있다고 하더라도 결과를 달리할 수는 없을 것이다.

어찌되었건 이렇게 싸움이 시작되려 하고 있었다.

훈련받은 전술에 따라, 가장 앞쪽의 병사들은 방패를 세웠다.

바로 뒤에 열을 이루어 선 창병은 그 사이로 긴 창을 앞으로 내밀어 고정했다.

그리고 궁병은 활을 집어 들었다.

하지만 궁병까지 나설 필요가 없다고 여겼는지, 궁병을 지휘하는 장수가 손을 아래로 내렸고, 그러자 궁병은 집어 들었던 화살을 다시 통 안에 집어넣었다.

그렇기는 했다.

고작 백 명 정도에 불과하니 그대로 짓밟아버리면 그 뿐일 것이다.

그 사이 외팔의 노인은 그들의 앞까지 이르렀다.

이제 보니 외팔의 노인에게는 무기도 없었다.

정말 미친 건가보다.

방패를 든 병사는 머리를 숙여 몸을 숨겼다. 그리고 방패에 몸을 붙이고 자세를 낮추었다.

그들이 든 방패는 무쇠로 잘라 만들었다고 할 정도로 견고했다.

그러니 외팔의 노인이 아무리 고수라고 하여도 뚫지는 못하리라.

방패병은 그렇게 자신했다.

아니, 오천 명의 정병 모두가 그렇게 생각했다.

콰아아아아아아아아아아앙!

방패가 부서져 날아간다.

방패를 들었던 병사는 피와 살점으로 나뉘어 쏟아진다.

그 바로 뒤에 열을 지어 있던 창병 역시도 마찬가지였다.

대체 무슨 일이 벌어진 걸까?

화포라도 터진 걸까?

그래!

외팔의 노인이 화탄을 짊어지고 있었던 것이다.

화탄을 터트려 같이 죽자는 동귀어진의 공격이었던 거다.

그때였다.

콰콰콰콰쾅!

화탄이 터진 자리에서 또 굉음이 울린다.

다시 그 주변의 병사들이 피와 살로 나뉘어 날아다닌다.

대체 어찌 된 걸까?

"으아아아아아아아아압!"

우렁찬 기합성이 사방을 뒤흔든다.

콰아아아아아아아아앙!

다시 굉음이 터져 나왔고, 병사들이 피와 살로 나뉘어
쏟아졌다.

결국 굉음이 울린 곳에 있던 병사들은 뒤로 물러났고,
그곳에는 부러진 병장기들, 그리고 병사였던 이들의 핏물
과 잔해만이 가득했다.

그곳에 제 형상을 유지하고 있는 건 오직 하나 뿐이었
다.

외팔의 노인.

그는 머리부터 발끝까지 온통 피로 물들어 있었다.

하지만 상처는 어디에도 보이지 않았다.

그러니 외팔의 노인을 물들인 핏물은 그의 것이 아님을 바로 알아볼 수 있었다.

노인이 입꼬리를 말아 올린다.

씨익.

하얀 이가 모두 드러난다.

참으로 환한 미소였다.

하지만 피에 젖어 새빨갛게 물은 얼굴과 어울리니 마치 흉신악살처럼 섬뜩하기만 했다.

외팔의 노인이 주변을 쓸어본다.

그의 눈길이 닿는 곳마다 병사들은 몸을 부르르 떨며 시선을 깔거나 피했다.

노인이 입을 벌린다.

"잠깐 오늘의 전쟁에 대하여 이야기 좀 해줄까?"

대체 무슨 소리일까?

"죽음을 각오하고 싸워라. 투항하더라도 살려주지 않아. 그저 명령을 따랐을 뿐이라도 애원해도 소용없어. 다 죽인다. 한 놈도 살려두지 않아. 너희가 우리를 향해 그 쇠붙이를 내민 순간, 정해진 것이야. 허나 억울해하지는 말아라. 이 전쟁은 우리가 아닌 너희가 시작한 것이니. 이미 되돌릴 수는 없다. 그러니 싸워라. 덤벼라. 이 싸움은 너희와 우리, 둘 중 하나가 끝날 때까지 계속 된다."

천마재생

그러며 외팔의 노인은 입을 더욱 크게 벌리더니 날카로운 송곳니를 드러냈다.

"우리의 전쟁은 그래."

그리고 하나 뿐인 팔을 주먹 쥐더니, 몸을 날렸다.

콰아아아아아아앙!

다 부서진다.

모든 게 흩어진다.

부서진 뼈와 살점은 우박처럼 내리고, 핏물은 폭우처럼 쏟아진다.

굉음은 천둥처럼 울리고, 비명과 고함은 메아리처럼 휘몰아친다.

그 광란 속을 외팔의 노인은 질주하였다.

그를 막을 수 있는 건 아무 것도 없었다.

부딪히는 건 모조리 사라질 뿐이었다.

외팔의 노인은 그러기 위해 태어난 존재만 같았다.

오천 명의 정예?

그게 무슨 소용인가?

양이 아무리 많아도 늑대 한 마리를 어찌할 수 없듯이, 외팔의 노인은 병사들을 닥치는 대로 부수며 나아갈 뿐이었다.

그때였다.

"이 노오오옴!"

"멈춰라!"

쉬이이이이이이익!

두 줄기의 빛살이 외팔의 노인을 향해 쏟아졌다.

콰아아아아아아앙!

굉음과 함께 외팔의 노인이 뒤로 두 걸음 물러났다.

처음이었다, 그의 참혹하며 잔인한 질주가 멈춘 것은.

그의 앞으로 두 명의 사내가 모습을 드러냈다.

그 순간 병사들은 일제히 환호성을 터트렸다.

"홍화무장이다!"

"홍화무장께서 나서시었다!"

병사들의 외침처럼 외팔의 노인을 막아선 두 사내는 홍화무장이었다.

비록 외팔의 노인은 질주를 멈추었을 뿐, 부상의 흔적은 어디에도 없었지만, 그렇다 하여도 홍화무장이 나선 이상 상황은 반전될 것이라는 믿음이 있었다.

저들이 홍화무장이기 때문이었다.

저들은 무적이기 때문이었다.

하지만 홍화무장은 긴장한 기색이 역력했다.

식은땀을 흘리기까지 하고 있었다.

반면 외팔의 노인이 하나 뿐인 팔의 어깨를 가볍게 휘돌리며 고개를 좌우로 까딱거렸다.

그저 보기에도 여유가 넘친다.

또한 팔딱거리는 잉어를 낚은 낚시꾼의 눈빛을 하고 있었다.

외팔의 노인이 말했다.

"비류휘검(飛流輝劍)과 진천벽력참(震天霹靂斬). 맞나?"

두 홍화무장은 침만 꿀꺽 삼켰다.

그 모습을 긍정한 것으로 받아들였는지, 외팔의 노인이 말했다.

"칠백년 전의 대협객, 비조휘룡(飛爪輝龍)과 오백년 전의 대마두, 진천검마(震天劍魔)라…… 재미난 궁합이군. 한 방에 넣어두면 하나만 남을 인물들이 어깨를 나란히 하고 있다?"

외팔의 노인이 비웃음을 머금었다.

"그렇기에 너희는 진짜일 수 없는 게야. 그저 보기 좋게 도금을 한 것뿐이지. 푹 찌르면 텅텅 빈속을 내보이는 얄팍한 것들이지. 물론 아주 잘 칠해놓아 쉽게 드러내지는 않겠지."

그러며 주먹을 쥐어 앞으로 내민다.

"하지만 나의 주먹이라면 네놈들의 안을 보는 건 그리 어렵지 않아."

두 홍화무장이 이를 악물며 각자의 검을 들어올렸다.

비조휘룡과 진천검마.

각기 다른 시대를 살았고 다른 길을 걸었지만, 각자가 살았던 시대에서 정점에 가까웠던 고수들이었다.

물론 진짜 비조휘룡과 진천검마는 한줌의 흙으로 변했을 터였다. 하지만 홍화신에 의해 복제되어 홍화무장으로 탄생한 그들은 원형이랄 수 있는 비조휘룡과 진천검마가 되살아왔다고 해도 무방할 실력을 갖추고 있었다.

하지만 외팔의 노인, 철리패의 눈에는 어설퍼 보이기만 하나보다.

철리패가 속삭였다.

"강하군. 하지만 적당히 강해."

적당하다는 것.

그렇기에 철리패의 눈에는 보였다.

자신이 만들어낼 저들의 죽음이…….

†

홍화무장은 분명 강하다.

그들은 한 시대의 정점을 구가했던 무학종사들이다.

정확히 말하면 무학종사들의 복제물이라고 해야겠지.

사정이 어찌되었건, 그들은 한 시대에 천하제일이라 불렸던 인물들의 모든 것을 고스란히 갖추고 있다.

홍화무장 한명 한명이 천하제일이라는 거다.

천마재생

그러니 철리패의 실력과 비교한다고 해도 조금 모자랄 뿐이다.

하지만 조금 모자라다는 것.

그건 결코 메울 수 없는 큰 차이이기도 하다.

주먹이 조금 먼저 닿는다는 것이기 때문이다.

칼이 조금 먼저 상대방의 몸을 가른다는 것이기 때문이다.

그런데 홍화무장은 그 차이를 모른다.

그렇기에 철리패의 앞에 선 것이다.

저 정도의 실력을 갖추었다면 충분히 알고 있어야 마땅할 텐데, 그저 두려워만 할 뿐 물러서지는 않는다.

패배한 적이 없기 때문이다.

아니다. 패배가 죽음이라는 것을 모르기 때문이다.

그것도 아니다.

홍화무장은 만들어졌기 때문이다.

저들은 과거 한 시대를 풍미했던 고수인 비조휘룡과 진천검마의 모든 것을 이었다지만, 비조휘룡과 진천검마는 될 수 없었다.

스스로 쌓아올린 것이 아니라 누군가에 의해 깎이고 다듬어진 것에 불과하기에 그렇다.

모사나 흉내에 불과할 뿐이었다.

'모든 홍화무장이 저렇지는 않겠지.'

그렇다면 재미없는 전쟁이 될 테니까.

'물론 그럴 리는 없지.'

수라천마 장후는 약속했다.

네가 꿈꾸던 전장을 만들어 주겠노라고.

그러기 전에는 모든 싸움을 압도해야 한다고 했다.

상대에게 공포를 새기라 했다.

어찌 공포를 새기냐고 물었을 때, 수라천마 장후가 한 말이 떠오른다.

"평소대로 하면 된다. 너의 싸움은 이따금 나도 두려우니까."

흥분되어 몸이 떨려온다.

그 말은 철리패에게는 가장 기쁜 칭찬이었다.

그래, 해왔던 대로 한다.

나의 삶에 적당함은 없었으니.

그렇게 생각을 정리하며 철리패는 움직였다.

스읏.

빠르지도 느리지도 않다.

교묘하지도 무겁지도 않다.

하지만 뭐가 그리 놀라운지 홍화무장들은 펄쩍 뛰며 물러났다.

그럼에도 철리패는 홍화무장 중 한 명 앞에 서 있었다.

마치 홍화무장과 철리패 사이의 공간이 사라져버려, 저절로 거리를 좁혀 버린 듯만 했다.

철리패가 주먹을 내지른다.

그 순간 철리패의 앞에 있는 홍화무장이 검을 휘둘렀다.

빛살이 번쩍인다.

비류휘검!

빛이 쏟아진 자리, 남은 건 악인의 시체뿐이라는 전설을 남겼던 칠백년 전의 협객 비조휘룡의 독문검법이었다.

지금도 그의 후손들은 남아서 휘룡검문이라는 이름을 내걸고 살아가고는 있지만, 비류휘검의 영광을 재현하지는 못했다.

그들이 이 자리에 있었다면 놀랐으리라.

꿈에서나 그렸던 칠백 년 동안 그 누구도 닿을 수 없었던 비류휘검의 극성지경이 모습을 드러냈으니까.

하지만 또 한 번 놀랐으리라.

이루는 자, 무적이리라 일컬어졌던 전설의 비류휘검이 한 번의 주먹질을 버티지 못하고 부서지고 있었으니까.

콰아아아아아아아앙!

빛이 사라진 자리 비류휘검을 구사하던 홍화신장의 시체만이 남겨져 있었다.

그가 쥐고 있던 검은 보이지 않았다.

검을 쥐고 있던 오른 팔 또한 없었다.

몸의 절반이 뜯겨낸 듯이 사라져 버렸다.

철리패의 주먹이 만들어낸 일이리라.

그럼 철리패는 어디로 갔을까?

그는 어느새 다른 홍화무장의 앞에 서 있었다.

홍화무장은 예상했다는 듯이 양손으로 쥔 검을 철리패를 향해 내질렀다.

콰르르르르릉!

천둥소리가 울린다.

번개가 쏟아진다.

오백년 전 세상을 피로 물들였던 대마두 진천검마의 독문절학인 진천벽력참의 극성지경!

전설은 말한다.

천둥이 울리고 번개가 쏟아질 때, 피의 강을 목도하게 되리라.

하지만 그 전설은 거짓이었나 보다.

콰아아아아아아앙!

홍화무장의 검은 산산이 부서지며 흩어졌다.

뒤이어 홍화무장은 가슴에 둥글게 구멍이 난 채로 뒤로 날아갔다. 그리고 다시 일어나지 않았다.

철리패는 주먹을 내리고, 주변을 쓸어보았다.

병사들은 믿을 수 없다는 표정으로 철리패를 바라보고만 있었다.

홍화무장이 죽었다.

그것도 단 한 주먹을 버티지 못하고.

천마재생

보았지만 믿을 수가 없었다.

믿기가 싫었다.

그저 꿈이었으면 하고 바랄 뿐이었다.

그런 병사들의 향해 철리패는 미소를 머금으며 말했다.

"슬프지? 괴롭고. 힘들 거야. 그게 전쟁이다. 그게 진다는 거고. 그게 죽는다는 거야."

그때였다.

콰아아아아아아앙!

굉음과 함께 비명이 쏟아졌다.

병사들은 모두 소리가 터져 나온 쪽으로 고개를 돌렸다.

그곳에 철리패의 동료라고 여겼던 백여 명이 보였다.

이제야 그들이 도착한 모양이었다.

철리패가 말했다.

"저 녀석들은 나와 달리 좀 과격하지. 그러니 조금 더 힘들 거야."

이보다 더 과격하다고?

그게 가능할까?

병사들은 묻지 않았다.

그저 이 지옥 같은 현실이 꿈이기 만을 바랄 뿐이었다.

〈14권에서 계속〉